Diogenes Taschenbuch 20959

de
te
be

W0270602

Walter E. Richartz

Reiters Westliche Wissenschaft

Roman

Diogenes

Die Erstausgabe erschien 1980
im Diogenes Verlag
Umschlagillustration: René Magritte,
›Le château des Pyrénées‹, 1959
Copyright © 1987 by Cosmopress, Genf

Alle Rechte vorbehalten
Copyright © 1980 by
Diogenes Verlag AG Zürich
60/88/8/2
ISBN 3 257 20959 2

»Was nützt das uns, ob sich etwas aus dieser ekelhaften Naturmasse mit Pollen, Insectenkolben, klebrigen Rundungen befruchtet, befliegt, bestreicht oder sonstwie zum Platzen bringt... Ich finde übrigens bei der Masse von Variationsmöglichkeiten, über die diese ekelhafte Natur verfügt, dies alles nur kümmerlich und primitiv, fast albern wie ein Trick – warum dies ganze Theater und wozu eigentlich? Und mir scheint diese ganze naturwissenschaftliche Empirie, Induktion, Materialansammlung nichts wie leeres Gedankenfüllsel, faulste Description, Zeittotschlagen an irgendeinem Lehrstuhl oder Studierzimmer ohne Entscheidung geistiger Art, Schlußfolgerung, Abschluß, ohne Erkenntnis.«

Gottfried Benn

1

Eines Tages, während ich noch ein Neuling in der *Denver Medical School* war, gab der Präsident in Washington den Befehl zum Einbruch in das demokratische Parteibüro, der ihn sein Amt kosten sollte. Es war der Beginn einer amerikanischen Karriere: Vom Weißen Haus ins Kittchen – ums Haar; moralisch saß er drin; doch damals ahnte das niemand. Der 17. Juni 1972 war ein Samstag, und ich hatte ab zwölf Uhr Dienst in Dr. Jeffries' Lungenstation.

Ich kam wie üblich in der letzten Minute. Noch durch die Sonnenbrille hindurch von seinem Glanz geblendet, trat ich in den Aluminiumbau am Colorado Boulevard, und zuerst ins Büro, um nach der Post zu sehen. Im Büro saß Laureen, sie hatte Besuch. Bob Crick war weit über ihren Schreibtisch gebeugt, die Nase eine Handbreit vor ihrem hellblauen Pulli, als wollte er diesem etwas zuflüstern. Sie verharrten so, als ich reinkam. Laureens Gesicht war glatt und schier wie ihr cremefarbenes Telefon. Sie sagte »Hi, John«, dann drehte sich Bob zu mir, um mit der Miene eines bei der Arbeit Gestörten: »Hi, there« zu sagen. »Noch immer kein Auto?« Ich pochte auf meinen europäischen Stolz und sagte: »Rollschuhe tun's auch.«

Sie konnten nicht wissen, daß ich den ersten Reinfall schon hinter mir hatte. Mein erstes Auto, ein 63er Olds, hatte einen Ausflug nach Boulder nicht überlebt. Auf dem Rückweg, kurz vor dem Ort Marshall, sah ich Dampfwolken vor mir; dann starb der Motor. Ich klappte die Motorhaube auf und stellte mich daneben. Ich wurde vom Dampf eingehüllt. Später kam ein Halftruck vorbei, hielt an, ein Farmer mit breitem schwarzem Westernhut stieg aus, warf einen Blick auf den Motor und schleppte mich wortkarg zur Tankstelle. – Ein trüber Tag. Vorstädte wie Sperrmüll, wie Pappkartonstapel, von Abfall durchfeuchtet. Es gibt eine Lustqualität im Elend, die Angst macht.

Zehn Dollar bekam ich für den Kadaver des Olds – Verlust: $ 190,–. Aber das Bus-System in Denver, ›The Ride‹, ist recht praktisch. Zur Klinik konnte ich von meiner Wohnung aus zu Fuß gehen. Wollte ich aus der Stadt heraus, so fand sich schon jemand, der mich mitnahm; zum Beispiel Esther.

Bob richtete sich auf, trat lässig an sein Postfach, dann hinaus. Als er zwinkernd an mir vorbeikam, fragte er: »How you doin'?«

»Just hanging loose«, antwortete ich, erwartungsgemäß. – Man lernt das schnell, den Ritus der lokkeren Worte.

»How goes it?« – »Everything's gonna be fine.«

Als ich mich umdrehte, traf ich auf Laureens himmlisches Lächeln – so leuchtend, so sanft – unglaublich, wie sie das können.

»Wartest du auf Post?«

Weißblond und rosa, die Augen und alles, frisch aus der Spülmaschine, der Mund von Laureen Bacall, mein alter Traum. Ich wußte nichts zu antworten, aber in meinem Fach lag wirklich etwas, ein gelber Umschlag; nur mein Name drauf: ›John Riter‹ – die meisten schrieben das falsch. Ich steckte den Brief achtlos ein; sicher eine Einladung, zur Party, zu einem Barbecue. Sowas kam öfter, manchmal jede Woche. *Bar-B-Q.* Ich spürte etwas im Nacken, wandte mich halb um; Laureen sah mir sehr aufmerksam nach. Der Tag war kühl und klar, Rocky-Mountain-Luft. Denver ist ein Luftkurort.

Sehr viel war's nicht, was ich auf meiner Schicht zu tun hatte. Der verantwortliche Arzt war Craig; Craig O. Fitzgerald, genannt C. O. Ich war sein Stellvertreter. Jeffries war auch meistens da. Er war mehr im Krankenhaus als zu Hause in Colorado Springs. Zu Hause machte seine Frau Turnübungen mit ihrer Opernstimme. Sie hatte die Figur dafür und viele Musikfreunde um sich, sie flog nach New York, New Orleans, San Francisco zu Aufführungen. Sobald sie weg war – oft schon vorher –, waren bei Jeffries' Sohn oder Tochter Parties im Gange, aus den oberen Fenstern donnerte Hard Rock, aus den unteren Verdi, im Garten spielten unbekannte junge Leute Badminton oder schlugen Baseball oder bastelten an einem hochverdichteten Chevrolet-Motor auf einem nackten Fahrgestell. Jeffries floh, sooft es ging. »Ich bin ein Fremder in meinem Haus«, sagte er, schwach grinsend; »a stranger in my home.« – Pathetische Wendungen sind hier möglich.

C. O. hatte eine Jugendglatze. Lang und knochig wanderte er in den Gängen herum. Rastlos und sorgenvoll. »He's a worrier«, sagte Jeffries, »er macht sich's schwer.« Ich saß in Hemdsärmeln im Stationsbüro, zwischen Aktenordnern, Erste-Hilfe- und Rockkonzert-Plakaten; ich las die ›Zeitschrift für Pulmologie‹, die Zeitschrift *Chest* oder den *Scientific American* und bewachte das Telefon. Wenn durch die Gänge ein bestimmtes, kaputt klingendes Schnarren drang, war irgendwo eine Krisis. Ein nach Luft ringender Patient brauchte Sauerstoff. Häufig war C. O. gerade dann zum entferntesten Ende der Station gewandert; man hörte das eilige Knallen seiner Sandalen, aber die Schwester war sicher schon zur Stelle, mit der Sauerstoffdusche. Wir hatten gleichbleibend täglich ein bis zwei solcher Fälle, meist Karzinom, seltener Status asthmaticus. Jeffries kam einmal täglich durch. Wenn er vor einem der hoffnungslosen Fälle stand, wurde er heiter. »Ah, mein Lieber«, rief er mit seiner breitesten Cowboystimme, nachdem er die keuchenden, rasselnden Klagen angehört hatte: »Das Schlimmste ist überstanden. Es geht aufwärts! Looking bright!« Er legte sein Ohr an die schwer arbeitende Brust und sah dabei C. O. an, oder mich, oder wer gerade da war – sah ihn aus dieser Haltung heraus an. »Übrigens« – während er sich aufrichtete – »Sie dürfen gern rauchen! Rauchen Sie, soviel Sie wollen!«

An diesem Samstag hatte ich Jeffries noch nicht gesehen, aber gegen Abend rief er an und bestellte mich zu sich. Etwas Wichtiges. Ich solle mir Zeit nehmen. Ich suchte C. O., um mich abzumelden, und fand ihn bei Mr. Kellogg, einem schweren Asthmatiker, den ich jedoch für einen Hypochonder mit großem schauspielerischem Talent hielt. C. O. schien schon zu wissen, was Jeffries wollte. Mit einem schiefen Grinsen: »Now he's got you. Jetzt bist du dran.«

»Wieso?«

»Hehe, wart's ab«, sagte er, während Mr. Kellogg mißtrauisch seine Blicke zwischen uns wandern ließ. Er meinte, es ging um ihn.

Bevor ich hinaufstieg – Jeffries residierte vier Stockwerke höher –, griff ich in meine Jacke und zog meinen kleinen Terminkalender, den ich vielleicht brauchen würde. Mit ihm holte ich auch den Umschlag heraus, Mr. ›Riter‹ auf Gelb. Den hatte ich ganz vergessen, gehend riß ich ihn auf. Im Kuvert ein himmelblaues Kärtchen, darauf, elektrisch getippt: ›John I love you‹; ohne Komma, ohne Unterschrift. ›Bing‹ machte es, und ich trat in den stählernen Lift. Ich war angenehm erregt. Kunststoff und Stahl, und die elektrisch ernährte Liebe – bequem und begehrenswert.

Ich war seit meiner Ankunft in Denver vor fast zwei Monaten nicht mehr in Jeffries' Büro gewesen und suchte es einen Stock zu hoch. Als ich ausstieg, hatte ich ein komisches Gefühl, kehrte um und fuhr eine Nummer tiefer. Jeffries stand schon in der Tür, in schmuddeligem Unterhemd und knittriger Hose; die schwarzen Augen funkelnd durch die randlose Brille. Auf einmal erschien mir sein Schädel riesig, und er hatte dieses Grinsen aufgesetzt, dieses zahnlose Grinsen.

»Wouldn't trust you as a scout.«

Er drückte hinter mir die Türe zu. »Als Pfadfinder würde ich dir nicht vertrauen.« Woher wußte er das schon wieder? Den Irrtum mit den Stockwerken – und dann: solche Bagatellen! Genoß er meine Verwirrung?

Er wies mich in einen Ledersessel und setzte sich, beinebaumelnd, auf seinen Schreibtisch. Das Gespräch, das nun folgte, war eines der wenigen, die wirklich etwas veränderten. Jeffries benutzte es zugleich, um mich gründlich auszufragen. »Schon ne Freundin?« fragte er zum Beispiel; »been to bed with her?« Und die Familie in Deutschland, was die so alles trieben, beruflich und privat. Jeffries hatte eine starke Neugier für ganz persönliche Sachen.

Sonst war ich eher zurückhaltend. Der einzige Mensch, dem ich freiwillig von meinen Privatsachen erzählte, war Esther; Esther Sandmeyer, eine Schweizerin. Für den nächsten Tag, Sonntag, hatte sie mit mir einen Ausflug in die Rockies vereinbart, nach Evergreen. Das wollte sie mir unbedingt zeigen, schon lange. »Evergreen mußt du sehen. It's beinah like Switzerland. Reminds me of Gotthard, of Göschenen.« – *It's beinah!* – Wenn ich Esther auf ihr Kauderwelsch aufmerksam machte, reagierte sie verständnislos. Ich mußte darauf achten, daß sie mich nicht ansteckte.

Seit fünf Jahren trieb Esther sich in den USA herum – mir kam es ziellos vor. Sie war Biochemikerin, in ihrem Fach gut beschlagen, aber ohne feste Stellung. Feste Anstellungen behagten ihr nicht. Immer Nebenjobs, Kurzzeitprojekte, ein Monat hier, ein paar Monate dort – selten mehr als ein Jahr. Bevor sie nach Denver kam, war sie in Jersey City bei ›Bell Telephone‹ gewesen; mir schleierhaft, wozu sie dort einen Biochemiker brauchen. Sie war aschblond, der alterslose Typ, nicht hübsch, aber zart. In bestimmten Gemütslagen zeigte sie ein anziehendes, zärtliches Lächeln. Es war mir unerklärlich. *Diese Gesichter, dieses Mienenspiel, die Unbewußtheit, die gern in Kauf genommene Täuschung . . .!* Sie war verläßlich; eine geheimnisvolle Verläßlichkeit, das plötzlich Zur-Stelle-Sein; so stellte man sich Engel vor. Manchmal war sie für ein, zwei Wochen verschwunden, niemand wußte wohin. Sie trug solide, etwas zu lange Röcke, oder altmodisch weite Hosen, alles europäisch, zu schwer für ihre grazile Person.

Ich zeigte ihr das Kärtchen ›John I love you‹. Sie kicherte ländlich. »Natürlich weißt du, wer das ist?!« – »Ja«, log ich und steckte es wieder ein. Dann fuhren wir los.

Evergreen war überfüllt; wir mußten, um einen Parkplatz zu kriegen, eine Viertelmeile aus dem Ort hinausfahren, und da war dann schon wieder alles voller Schutt und Schrott, Bauaushubhaufen, rostige Straßenbaumaschinen, Autokadaver und stinkender Müll; auch eine Begabung, das; Abfallarchitekten sind am Werk, Architekten der Abfall-Landschaft.

Aber das Zentrum war pittoresk: dunkelbraune Häuser aus Holz zwischen Wildbach und Felswand, manchmal am Felsen klebend. Aus den Felsritzen wuchsen struppige Fichten. Das Weißwasser-Rauschen übertönte alles – immer mußte man schreien. Die Luft: feucht und hart. In den Schaufenstern: Kunstgewerbe, Tannenholzschnitzereien, gläserne Tannen, Malereien auf in Scheiben geschnittenen Tannenstämmen. Viele rustikale Kneipen; auf dem Dach der größten Kneipe ein Cowboy auf einem bockenden Pferd in Überlebensgröße. Einen Felsenhang hinauf, über eine Hühnerleiter an einem rohen Bretterhäuschen wurde ›homemade Icecream‹ angeboten. Es war ein sehr gutes, sahniges Eis. Zugleich gab es Kunst. An den Wänden waren Grafiken ausgestellt – Madonnen in Mandelform, Wälder wie Sägeblätter, Akte in Rettichform – alles auf Packpapier. Und auf Anschlägen: Abendkurse für alle Künstlertechniken, Korbflechten, Sticken, Batik, Quilting. »Was ist ›Quilting‹?« fragte ich Esther.

»Das heißt Patchwork machen.«

»Und was ist Patchwork?«

Esther wollte es mir erklären, während wir auf einer Do-it-yourself-Holzbank saßen und unser Eis leckten, da rief die Verkäuferin, oder die Inhaberin, im Sackkleid, mit Haarknoten und runder Nickelbrille, aus dem Hintergrund ihrer Küche das übliche: »Where are you from?« und trat dann näher, um die Antwort zu hören. Wir erzählten, daß wir aus Deutschland kämen, und aus der Schweiz. Die Frau witterte jetzt Interessenten für Kunstkurse, kam noch näher und setzte sich zu uns. Europa, das heißt Kunst. Es heißt zugleich *Überfluß an Kunst* und *Unterschuß an Kunst,* in dieser Art der Zuordnung, die ihr eigenes Gegenteil sein kann. Wir hatten Mühe, sie von dem für sie profitablen Teil ihrer Meinung abzubringen.

Nachher hockten wir auf einer der steilen Holztreppen und betrachteten das Hin und Her der Ausflügler, Busankünfte und Busabfahrten und, auf der anderen Seite des Baches, auf dem fast kahlen Raum zwischen zwei Häusern, eine kleine Party. Alle in langen, bunten Gewändern, träge Bewegungen, mit indischer Musik. Traurige Hippiereste. Unten, bei den Busankömmlingen, wurden Kameras gezückt.

Ich begann Esther nun zu erzählen, worüber Jeffries mit mir am Vortag gesprochen, und was er mir angeboten hatte: Selbständiges Forschungsprojekt, finanziert mit Regierungsgeldern, vom N.I.H., dem Nationalen Gesundheitsinstitut. Das Thema brauchte ich ihr gar nicht erst zu nennen.

»Projekt ›Mucus‹ – stimmt's?«

Es stimmte. Jeffries hatte mir, auf dem Schreibtisch sitzend, beinebaumelnd, einen Vortrag über das Thema und seine verschiedenen Aspekte gehalten. Mucus, der Schleim des Magens, der Schleim der Lunge, Mucus als Schutzschicht, als mögliche funktionelle Substanz, vielleicht als Transportvehikel. Ein chemisches Unikum. Jeffries hatte sich heiß geredet, er hatte mir zwei Mappen mit Literatur, mit Sonderdrucken und internen Reports in die Arme gedrückt. Ein vielschichtiges Projekt, zunächst auf ein Jahr, doch zu verlängern. Eine Woche Bedenkzeit. Salär: $ 1200,– im Monat.

»Du weißt, daß er das jedem vorschlägt, der hier anfängt«, sagte Esther. »Mir hat er es auch vorgeschlagen.«

Ich hatte das gehört, ja. Es war Jeffries' Lieblingsprojekt, es war seine Obsession. In seiner Umgebung ein Anlaß zum Witzereißen. Ein allgemeines Grinsen beim Wort ›Mucus‹. Das Zwinkern: He, hat er dich drangekriegt, hat der Mucus dich erwischt. Das Wort erzeugte Schadenfreude. – So ganz begriff ich's nicht. Warum? Was war daran verkehrt? – Schleim, gewiß – leicht lächerlich. Plasma sieht auch so aus und ist respektabel. Das Tabu der Spucke. Was hatte das mit Wissenschaft zu tun? Es war ein Thema wie jedes andere auch – oder nicht?

Eine Antwort, die alle Zweifel tilgte, hatte auch Esther nicht. Sie selbst hatte abgelehnt, weil sie sich nicht zu lange binden wollte. Bestimmt keine Ausrede. Aber die anderen? Die vielen früheren?

Viele hielten es für ein hoffnungsloses Projekt. Unscharf. Vielleicht gar kein funktionelles Produkt? Vielleicht bloß Zellzerfall? Jedenfalls uneinheitlich – vielleicht bei jedem Individuum, wenigstens bei jeder Spezies anders. Was könnte da rauskommen? Wissenschaftlich? Praktisch? Sicher nicht viel. Ich schaute Esther fragend an. Esther schwieg und brütete. Schließlich blickte sie auf, gab mir dieses Lächeln von ihr.

»Was kann herauskommen? Den Nobelpreis kriegst du nicht dafür – but then: it's good money!« – Sie machte mir verschiedene Vorzüge klar.

Meine Bedenkzeit nutzte ich, um noch einmal herumzufragen. Fast alle in der Lungenstation hatten früher oder später mal was mit ›Mucus‹ zu tun gehabt. Es war natürlich: jede Lungenkrankheit bringt Schleimhautveränderungen mit sich, zuwenig oder zuviel Absonderungen, Konsistenz zu dick oder zu dünn. Bob Crick hatte Viskositätsmessungen vorgenommen, Hal McCabe hatte versucht, eine keimtötende Wirkung aufzufinden – beide mit geringem Nachdruck und streuenden Ergebnissen. »Es ist frustrierend«, sagte Hal. »Laß die Finger davon.«

Aber ich hatte Zeit. Ich war autark. Ich konnte das Gebiet so definieren, daß es keine Unschärfen gab – bzw. sie vermindert waren. Jeffries ließ mir jede Freiheit in der Wahl des Schwerpunkts. Es war ein Projekt, das physikalische, chemische, physiologische Aspekte hatte – also viele angrenzende Fächer, viele zu konsultierende Spezialisten, also viele Reisen. Ich reiste gern. – Und schließlich: wirklich ernsthaft hatte sich keiner damit eingelassen.

An dem Samstag, an dem Jeffries seine Antwort erwartete, war Schichtwechsel. Von Samstag an waren Bob Crick und ich für die Nachtschicht eingeteilt, und Bob hatte vorgeschlagen, wir sollten uns am Abend davor noch etwas in der Stadt vergnügen. Es wurde dann eine kleine Gang von Männern mit der Lust auf Pfeffer. Außer Bob und mir waren noch Chester Rubin und Andy Tschang dabei. Chester war Röntgenarzt, ein krausköpfiger Jude aus Brooklyn, wo sein Vater eine koschere Metzgerei betrieb. Er war New Yorker mit Leib und Seele, die übrige Welt war für ihn Provinz. »God, how depressing«, stöhnte er, mit kummervoll hängender Nase. Tschang war Taiwanese, klein und schlau; keine Schönheit; sie nannten ihn ›Monkey‹. Er war Physiker.

Wir trafen uns abends um sieben im ›Cody's‹ in der Fairfax Avenue, wo man nach Chesters Aussage guten Jazz zu hören bekam. An diesem Abend standen auf der Bühne eine Mundharmonika, eine E-Gitarre und eine Posaune und zwei Geiger; der eine Geiger, zugleich der Sänger, mit rotem Vollbart, brachte es fertig, mit seiner näselnden Hillbilly-Manier den ›St. James Infirmary Blues‹ so vorzutragen, daß Hot Lips Page sich im Grab umgedreht hätte. Das einzig Gute war die lässige Manier, mit der er seine Fiddle bediente, die er auf dem Unterarm liegen hatte; er bearbeitete sie mit dem Bogen wie ein Huhn mit dem Messer. Neben ihm, auf dem Podium, hockte ein Groupie-Mädchen auf einem Stuhl, breitbeinig, fett und bewegungslos, und stellte seine Zahnlücke zur Schau.

»Depressing«, sagte Chester. »Bloß raus hier.«

Als nächstes versuchten wir es in der 16. Straße in einer Chicano-Kneipe, die Andy empfohlen hatte, weil dort angeblich ein paar Indiomädchen in einer kuriosen Nacktschau auftraten. Aber in der nächsten Stunde erlebten wir da nichts anderes, als eine dilettantische Steelband, die mit Stöcken auf Blechtonnen, Büchsen und Rohren herumhämmerte. Der Tequila war teuer und kratzte die Kehle. Undeutlich sah man finstere Gesichter in dem rötlichen Licht. Alle schienen auf etwas anderes zu warten, aber es kam nichts anderes.

»Terrible«, sagte Chester. »Stümper und Nichtskönner.«

Ein Taxifahrer empfahl uns schließlich das ›Frolic‹ an der 15. Straße. Wir kamen noch rechtzeitig zum letzten Strip, der so tolpatschig war, daß sogar Chester lachen mußte. Ein Tohuwabohu von zwei plumpen Mädchen, einem langen, klapprigen Neger, einigen Zuckerlutschern, die kaputtgingen, einem Hund, der danach schnappte, einem Stöhnen, aus dem ein Kichern wurde, einem Sofa, das zusammenbrach, und einem wirklich phantastischen Altsaxophonsolo, das ein kleiner, blasser Mann dazu spielte. Er sah aus wie Babyface Langdon und spielte wie Charlie Parker in ›Koko‹.

An den anderen Tischen saßen meist Paare oder gemischte Gesellschaften, deshalb setzten sich die beiden plumpen Mädchen, die vielleicht Schwestern waren, an unseren Tisch und wackelten mit ihren Brüsten. Jede bekam eine Flasche Bier. Auf Fragen gaben sie prustende Antwort. Chester fand ein bißchen Gefallen daran. »How about that«, sagte er und versetzte die beinah unnatürlich große Brust neben sich in sanfte Schwingungen. »Wie findest du das, Monkey?«

»Scientific«, sagte Andy. Es war sein Lieblingswort. Er zauberte dabei ein unglaublich abstoßendes Grinsen auf sein kleines, gelbes Gesicht.

»Scientific.«

Aber als er auch an seiner Nachbarin ein Experiment machen wollte, schlug sie ihm auf die Finger. Bob ging fast aus den Fugen vor Lachen. Ich lachte auch, aber maßvoll; ich hatte immer einen Widerstand gegen dickbusige Frauen.

Ich hatte mich für den folgenden Samstag um elf Uhr bei Jeffries angesagt, aber verschlief mit Pauken und Trompeten. Als ich mit einer Stunde Verspätung bei ihm anklopfte und eintrat, schaute er mit gerunzelter Stirn vom Schreibtisch auf. »Hmhm, Mr. Reiter«, sagte er, »das ist also Ihr Zeitvertreib! Ich weiß ja nicht, ob Sie den moralischen Ansprüchen unserer Wissenschaft genügen werden.« – Er wußte es wieder!

Ich stotterte etwas von »ausnahmsweise« und »harmlosem Spaß«. Jeffries betrachtete mich ausdruckslos – nicht mal ein Zwinkern; nur in den Augen dieser Glanz. Man erzählte sich von seiner bewegten Jugend. Wissenschaftliche Parforce-Ritte, ein Enfant terrible der Kongresse, ein Auto- und Frauenteufel.

»Nächstes Mal nehmen wir Sie mit, Doc«, sagte

ich. Da grinste er und winkte mich mit dem Kopf an den mit Zeitschriftenstapeln, Büchern und Karteikästen bedeckten Couchtisch. Er setzte sich auf die Couch, ich gegenüber, er entnahm einem Aktendeckel ein fertig ausgefülltes Antragsformular, und ich unterschrieb. Er war meiner Antwort sicher gewesen. »Danke für Ihre Seele«, sagte er. »Viel Glück.« Gleich danach war ich schon wieder draußen und etwas schwindlig.

Ich fuhr mit dem ›Ride-Bus‹, den ich grade erwischte, nach Hause, um vor der Schicht noch etwas zu schlafen, aber es klappte nicht. Ich stand wieder auf, zog meine Hose wieder an, setzte mich an den Tisch am Giebelfenster, der mir als Schreibtisch diente. Man hatte von dort einen tollen Blick auf die Rockies und auf den schneebedeckten Mount Evans. Schräg unten: helle Holzveranden, Rasen, bunte Autodächer. Aus dem ersten Stock hörte man Fernsehgeräusche. Die Missis war aus dem Haus, um bei George, ihrem Sohn, nach dem Rechten zu sehen. T. F. Munro hatte einen ruhigen Nachmittag.

Wenn die Missis im Haus war, konnte man es nicht überhören. Das Haus vibrierte vom unentwegten Lärm der Haushaltsmaschinen, von Eilschritten, Türenschlagen und ihrer Stimme. »T. F., you need some exercise!« rief sie aus der Küche. »Du wirst ja ganz steif vom dauernden Sitzen. Deine Knochen werden morsch – und das möchtest du doch nicht haben, nicht wahr?« Es folgte eine Litanei von Aufträgen – es waren immer viele, niemals nur einer. »T. F., nimm den Chevy und fahr einkaufen.« »T. F., du mußt hinterm Haus mal Unkraut jäten.« »T. F., schau mal nach, wieviel Öl noch im Tank ist, jetzt ist es billig.« Manchmal befahl sie ihm einfach, sich auf männliche Art zu vergnügen. »Why don't you get some bait, and do some fishing!« Die Missis hatte eine klare Vorstellung davon, womit ein richtiger Mann sich beschäftigen muß. Köder besorgen und Angeln gehörte dazu, Baumkronen ausdünnen und lockere Schindeln am Haus befestigen, das Auto an eine öffentliche Wasserzapfstelle fahren und es dort waschen; Kegeln gehen; zu Football- oder Baseballspielen gehen.

Dennoch gelang es T. F. manchmal, selbst wenn die Missis *nicht* ausgegangen war – einfach weil sie *zu* beschäftigt war, um es zu bemerken – eine stille Stunde an seinem Lieblingsplatz zu verbringen: im Schaukelstuhl vor dem laufenden Fernseher im Wohnzimmer.

Sonderbar. Ich hatte mich auf dem Bett gewälzt, auf der Suche nach Schlaf, den ich nötig hatte: vergeblich. Dann hatte ich mich an den Schreibtisch gesetzt, um zu lesen, und war gleich eingeschlafen. Ich erwachte gegen sieben, weil sich in meinem nach oben offenen Ohr ein Insekt zu schaffen machte. Mein anderes Ohr und meine nasse Backe lagen auf dem

›Physician's Desk Reference‹. Auch sonst war ich verschwitzt. Ich zog mir ein anderes Hemd an. Muß doch die Drahtfenster reinmachen, dachte ich. Ich aß etwas Tortilla aus der Büchse.

Als ich später zu meinem Dienst ging, sah ich durch die halboffene Wohnzimmertür T. F. Munro in seinem Schaukelstuhl. Seine verwitterten, graubraunen Arme lagen auf seinem Bauch, die Hände verschränkt; der Kopf mit der eckigen Bürstenfrisur ruhte bequem auf einem Kissen in Gestalt eines Knochens. Gegenüber, auf der Kommode, das Farbenspiel des Fernsehers. Ich blieb stehen und winkte ihm zu.

»Ganz allein?« fragte ich heuchlerisch.

Er grinste breit. »She's still out«, krächzte er. »Bei George muß wieder ein Saustall sein.« Er schien zufrieden, ja glücklich. Man sah keine Bierflasche, kein Glas, er brauchte nichts weiter. Auf der Mattscheibe war gerade Nixons Gesicht in Großaufnahme, Ringe unter den Augen, Kinn und Wangen blaurasiert. »Das amerikanische Volk weiß, wer seine Freiheit beschützt«, sagte Nixon; »das amerikanische Volk kennt seine Freunde.« Sein Gesicht hatte einen eindringlichen, sorgenvollen Ausdruck, wie ein Vater, der den Sohn vor falschen Freunden warnt. T. F. Munro streckte seinen Finger gegen Nixon aus. »He's a crook«, sagte er. »Er ist ein Gauner.« Dabei lachte er. T. F. Munro wählte immer republikanisch, er hatte auch in der Nixon-Wahl republikanisch gewählt. Er sah keinen Widerspruch darin. Die Republican Party war die Partei Lincolns – »so, what's wrong with that?«

Mr. Munro hatte früher in Denver ein Eisenwarengeschäft betrieben und es mit 65 verpachtet. Sein Sohn George hatte kein Interesse gehabt. Er war jetzt Vorarbeiter einer Baufirma und lebte als Junggeselle in Golden, zehn Meilen von Denver. Außerdem gab es eine Tochter, Myrtle, die in New Orleans mit einem Ingenieur verheiratet war, einem Spezialisten für die Wartung von Kühlaggregaten von Kühlschiffen, einem Kubaner. »He makes a bundle«, sagte Missis Munro stolz, was den Verdienst anging. Aber mit dem Namen Gonzalez hatte sie sich noch immer nicht abgefunden.

Am folgenden Sonntag schlief ich mich aus, so gut es ging; man stellt sich so langsam um. Ich fuhr mit dem ›Ride‹ in die City zum Essen. Sonst begnügte ich mich Sonntag mittags mit einer Dose Mais oder Baked Beans, die ich im Heißwasserkocher warm machte. An diesem Tag gönnte ich mir was Besseres: Es gab ja bald mehr Geld. Ich gönnte mir das ›Shanghai‹ in der Glenarm Street, das Andy Tschang mir empfohlen hatte. Als ich eintrat, saß Tschang auch schon drin und winkte mich zu sich. »How are you, Mr. Mucus«, sagte er und lächelte sein Affenlächeln. Das Lokal war sein Stammlokal. Es sah schmuddelig aus, wenig erfolgreich – aber das war ein Irrtum. Ich aß ›Szezuan Duckling‹, knusprige Entenstücke, die süß wie Bonbons waren. Andy erzählte mir die Geschichte des Ladenbesitzers. Vor zehn Jahren habe er die Bude eröffnet und seitdem – außer in die Küche – keinen Cent reingesteckt; er verdiene jetzt 400 Dollar am Tag. Irgendwie hatte der Mann das Gerücht lanciert, das Lokal sei der Geheimtip von Denver; da es so schäbig aussah, war jeder Besucher überzeugt, daß es stimmte. Jetzt aßen hier alle Baulöwen von Denver, und man hörte von Sachen, die viel Geld wert waren. Das Unglück war nur, daß die Kinder mißraten waren. Die Tochter des Chinesen hatte einen Kropf, der Sohn war ein Idiot. In China hätte er sich eine neue Frau genommen.

Später kam der Türmann von gegenüber herein – das Lokal hieß *Skin.* Er war wohl ein guter Freund von Andy; er zeigte ihm ein kunstvolles Elfenbeinrelief, so groß wie eine Streichholzschachtel: Die Darstellung eines alten Mannes mit Bart und einem eigenartig geöffneten Mund – als wollte er mehrere Zungen zeigen. »Genau hinschauen«, sagte der Türmann und reichte eine Lupe dazu. Andy schaute lange hinein. Dann durfte ich: Die Nase, die Lippen, der Inhalt des Mundes – vor allem der Bart waren ein Gewühl verschlungener Paare.

»Scientific«, sagte Andy.

11

Zu bestimmten Tageszeiten kann man mit dem ›Ride‹ kostenlos durch Denver fahren; genau hatte ich das nicht herausgekriegt, zumal es öfter geändert wurde. Am Montag, zwei Tage nach meiner Entscheidung, erwischte ich zufällig einen Freibus und blieb zwei Stunden lang drin. Ich ließ mich von ihm ziellos schaukeln, ich überließ mich den Kräften und grübelte. Nach Klarheit suchen ist auch eine Reise. Über das Unmittelbare hinaus: Was wollte ich? Der Bus fuhr durch die Lawrence Street, am Bell Tower vorbei und an einem öffentlichen Kunstwerk, das davor stand, mit vielen tönend aneinanderschlagenden Stahlrohren, die das Präriegras symbolisieren sollten. Dann passierten wir eine weitläufige, dunkel gekachelte Gebäudegruppe, rings umgeben von einer gestaffelten, vielgliedrigen Gartenanlage mit Blütensträuchern, worin dunkle Menschengruppen sich promenierend auf und ab bewegten; alles Japaner, alles Männer, in dunklen Anzügen. Sie blieben manchmal stehen, betrachteten etwas mit schrägen Köpfen; andere saßen auf Bänkchen. In Denver gibt es eine große Japanerkolonie, seit der Zeit, als die Eisenbahn gebaut wurde. Es gibt auch schwedische, deutsche, italienische, ungarische Kolonien. Im Colorado-Museum, im ›Typewriter Building‹, läuft eine Werbeshow dazu, in Bild und Ton: ›Ich heiße Bill Yosizawa. Meine Eltern stammen aus Japan. Ich bin hier geboren. Meine Heimat ist Colorado. Ich heiße Jerry Molnar. Meine Eltern kommen aus Ungarn. Ich heiße Fred Zimmermann ...‹ und so weiter. Es sollte besagen: ›Alles eine große Familie.‹ In Wahrheit waren es Cliquen, oftmals verfeindet. Die Clubs der Iren, die Mexiko-Mafia, die jüdische Mischpoke, inselhaft. Wie die ganze Stadt inselhaft war, äußerlich. Man hatte hier mal aufgeräumt, man hatte die Slums saniert und alles davon Infizierte. Zurückgeblieben waren große Flächen, aus denen ab und zu wie ein Riesenkristall ein Hochhaus ragte, kantig und glänzend, inmitten eines Kraters. In dieser Leere verloren sich sogar die Autos – das meiste blieb ungenutzt.

In Denver waren sie stolz auf diese Leere. Daß sie da mal Ordnung gemacht hatten, die Säufer und die Skid-Row-Typen, die Hippies, Gammler, Dealer, Huren, Zuhälter – alle fort, außer Sichtweite. Bob hatte mir während einer Nachtschicht davon erzählt, wie sie da aufgeräumt hatten. Die halbe Stadt bestand aus ›condemned areas‹, zum Abbruch bestimmten Flächen. Und eines Morgens fuhren da von allen Seiten die Bulldozer rein, die Bagger, Preßlufthämmer, Lastwagen, und man hörte nur noch fortwährendes Rattern, Hämmern, Rieseln und Krachen. Eine gelbe Staubwolke hing über der Stadt. Es ging sehr schnell, die alten Mauern, die wackligen Bretterbuden knickten wie Pappe zusammen. Dazwischen wieselten ihre Bewohner herum, diese schmierigen Typen, ameisenhaft aufgestört, zerzaust und verschimmelt, mit ihren Klamotten unterm Arm, mit Plastiktüten und Kartons rannten die hin und her, sammelten noch was auf, schepperten mit ihren Wagen fort, oder mit dem Greyhound. Bobs Augen glänzten bei der Erzählung. Er machte Armbewegungen so zwischen Schlagen und Fegen: »We cleaned the mess out.«

Früher, sagte Bob, sei Denver verschrien gewesen, einer der miesesten Orte im Westen. »One of the seamiest places.« Im Zentrum Kneipen, eine an der anderen; Bars, Bordelle, eins neben dem anderen. Lawrence Street, Larimer Street, Larimer Square, die historischen Mittelpunkte. Man stolperte über Besoffene und Junkies. Die Polizei hielt sich raus. Die Nutten waren aggressiv, wenn man nicht gleich anbiß, es waren die schärfsten Nutten westlich des Mississippi. Täglich Schießerei in ›Browns Palace Hotel‹. Es gab eine Arena für Sinfoniekonzerte und Rodeoshows. In der ›City Opera‹ und im ›Broadway Theatre‹ traten Weltstars auf. Das ›Windsor Hotel‹, das der Minen-Millionär H. A. W. Tabor hatte bauen lassen, konnte sich an Eleganz mit dem Pariser ›Ritz‹ messen. Fast täglich Festzüge. Mit der ›Grand Allegorical Parade by the Slaves of the Silver Serpent‹ überbot man den ›Mardi Gras‹ von New Orleans. Die dreihundert Meter lange Schlange, die sich bedrohlich zwischen den Häuserfronten wand, bestand aus einem phosphoreszierenden Silbertuch und wurde von vielen hundert Männern getragen. Die Glitzerdamen der Halbwelt, Mattie Silks, Jennie Rogers und Baby Doe Tabor, sorgten für fortwährende Skandale. Nicht zu reden von Bill Cody, dem sagenhaften Buffalo Bill, der eine Kneipe in Trümmer legte, nur weil der Barmann zu langsam eingeschenkt hatte. »In Denver«, sagte Bob, »langweilte sich niemand.« Seine Augen glänzten. »Schade«, sagte ich. »Schade, daß man das alles abgerissen hat.« »O well«, fing er an. »Weißt du – damals – heute –«, er sah verwirrt aus.

Der Bus fuhr durch die westlichen Vororte. Im Zug, im Bus, überhaupt beim Fahren konnte ich gut nachdenken. Es war auch nötig. Jetzt fühlte ich mich doch überrumpelt von Jeffries und seinem Projekt. Ich bin alles andere als ein schneller Denker. Eigentlich war ich als Arzt aus Europa herübergekommen, ich wollte moderne Klinikpraxis lernen. Forschung, reine Wissenschaft, das war nicht meine Sache.

Aber, das zeigte sich bald, viel Neues gab's auch hier nicht auf den Stationen. Noch mehr Hygiene, noch teurere Apparate, und in der Therapie den Hauptunterschied, daß von Anfang an Spezialisten zugezogen wurden und daß sie noch spezialisierter waren als bei uns. Was war da noch zu lernen?

Die Forschung dagegen, da war es umgekehrt. Soviel wußte ich: Da zieht ein Problem das andere nach sich, die Faszination wächst mit der Vertiefung. Sah etwas zunächst wie eine Nebenfrage aus, etwas Lauwarmes, für Außenstehende geradezu Kleinliches, so veränderte es sich beim Näherkommen wie Gullivers Brobdingnag. Plötzlich gab's nichts Größeres auf der Welt! Und immer eine leichte Hoffnung dabei: vielleicht entdeckst du Umstürzendes! Daß die Koryphäen die Augen aufreißen: eine Lotteriechance. Gerade im Unscheinbarsten konnte sie sich verbergen. Mucus, glasiger Schleim. Ich war im Goldgräberland.

Ein Junge mit T-Shirt ›Atlanta, Georgia‹ hatte sich neben mich gesetzt. Er hatte einen rötlichen Krauskopf, eine runde Drahtbrille und eine Höckernase. Er fragte mich sehr manierlich: »Excuse me, Sir, geht der Bus zum Mile-High-Stadium?« Ich wußte das auch nicht, aber der Fahrer in dem sonst leeren Bus hatte es gehört, drehte den Kopf halb und rief: »Five Stops« – fünf Haltestellen – zum Mile-High-Stadium. Der Junge rief »Thank you« nach vorne, mit einer fast überdeutlichen Stimme. Dann fing er an, von sich zu erzählen.

Er war für zwei Monate hier zu Besuch bei seiner

Tante. Seiner Mutter in Georgia hatte man eine Brust abgenommen. »Mastectomie«, sagte er zu meiner Verblüffung. »She underwent mastectomy« – er schien auch zu wissen, was das bedeutet. »Sie weint am laufenden Band«, sagte er. »Nothing but weep, weep, weep. Gordon muß dauernd bei ihr sitzen, Händchen halten.« Gordon war wohl der Vater.

Inzwischen tauchte das Stadion auf, eine über die Vorstadthäuschen ragende Zylinderscheibe. Die Häuschen schoben sich vorbei, dann sah man: Der Zylinder stand auf einer weiten, kahlen, von Autos aufgewühlten schlammigen Fläche. Wenn ein Spiel stattfand, gab es wohl ein Pflaster von bunten Autodächern, aus dem die Arena sich erhob. Aber die Saison war gerade zu Ende. Der Junge ließ sich nichts anmerken, aber ich glaube, er war enttäuscht. Er hatte es sich nun mal vorgenommen, vielleicht nach dem Bild im Prospekt: Denvers ›Mile-High-Stadium‹ – Home of the world famous ›Denver Nuggets‹. Er schwieg.

Plötzlich sagte er: »War'n Sie schon mal in der Indianerausstellung hier?« Vielleicht wollte er mir zeigen, daß er nicht nur Pech mit den Sehenswürdigkeiten hatte. Ich sagte, ich hätte noch nie davon gehört. »Da sollten Sie aber hin, Sir«, sagte er. »Die Ausstellung ist super, das können Sie mir glauben.« Er schwieg einen Moment, dann setzte er hinzu: »Ich muß es wissen, ich bin ein Indianerfan.« Ich betrachtete ihn mit erneutem Erstaunen. Dann rief der Fahrer ›Stadium‹, und der Junge stand auf. Als der Bus hielt, wurde er ein paar Meter vorwärts geworfen. »Nicht vergessen«, rief er mit zurückgedrehtem Kopf; »im ›Natural History Museum‹.« Dann war er draußen, und ich sah ihn noch wandern, durch die Wüstenei – weit und breit der einzige Mensch.

Ein Zufall war das; das ›Natural History Museum‹ liegt am Colorado Boulevard, fünf Minuten von meiner Wohnung. Ich ging da täglich vorbei, doch hatte ich nie viel übrig für Saurierskelette. Indianer, das interessierte mich schon eher. Zunächst allerdings vergaß ich es, ich versank in meine eigenen Probleme. Der Bus füllte sich langsam. Er fuhr über den Freeway Nr. 25 zurück in die City. In zwei Stunden hatte ich meine Schicht anzutreten.

Ich sollte das Forschungsprojekt offiziell Anfang Juli übernehmen. Dann waren vier Wochen zur Einarbeitung vorgesehen, vor allem für vertiefte Literaturstudien. Danach sollte ich meine Idee vom Projektplan vortragen, so detailliert wie möglich, mit den verschiedenen wissenschaftlichen Ansatzpunkten, gekennzeichnet nach Gewicht, Komplexität und Umfang der jeweils anstehenden Arbeiten. Wo waren die weißen Flecken? Welche Nachbarwissenschaften waren heranzuziehen? Wo saßen die jeweils führenden Spezialisten? Später sollte ich diese der Reihe nach aufsuchen, mich einige Zeit bei ihnen aufhalten, die Probleme diskutieren, die Arbeiten koordinieren, eventuell selbst experimentell mitarbeiten und am Ende jeder Phase nach Denver zurückkehren, um den letzten Stand mit Jeffries zu erörtern. In zwei Wochen war es soweit.

Die zwei Wochen gingen vorbei wie eine Nacht. Ich stand vor dem Datum. Was hatte ich inzwischen gedacht und getan? Dieses bewußtlose Leben, in dem man treibt – erschreckend und beschämend. Ich fuhr auf, als eines Abends Helen Crick bei mir anrief. »Listen John. Wir haben was mit dir vor!« Es folgte die Einladung zu einer Gartenparty. Die Lungenabteilung hatte zu meinen Ehren ein Fest organisiert, das ›Mucus-Fest‹, den neuen Job zu feiern.

Manchmal geh ich wie blind durchs Leben. Ich hatte von den Vorbereitungen nichts bemerkt oder gehört – allenfalls Bobs Frage, ob ich was vorhätte an diesem Tag. Die Party sollte in Bobs und Helens Garten sein. So 20 Personen waren eingeladen – Jeffries auch, natürlich. »It's gonna be fun«, sagte Helen und gluckste ins Telefon. Sie sagte, ich sollte mir nichts Feines anziehen; am besten Lumpen: »Your dirtiest rags.«

Ich hätte ja eigentlich schon am frühen Nachmittag kommen sollen, aber ich schlief an diesem Tag, ich schlief und schlief und konnte nicht in Gang kommen. Die Müdigkeit, die sich bei einem Schichtbetrieb in einem ansammelt, steckte mir tief in den Knochen.

Das Telefon klingelte; Bob fragte ungeduldig, wo ich bliebe. It's gonna be fun. Dann erst fiel uns beiden ein, daß ich kein Auto hatte. Er entschuldigte sich und sagte: Ich fahr gleich los. Über Transportfragen denkt man einfach nicht nach in diesem Land.

Die Cricks wohnten im Süden von Denver in einem Holzhaus auf einem ruppigen Grundstück am Rand des ›Little Dry Creek‹. Das Haus war ein Schuppen, windschief, mit verwitterten Schindeln verkleidet. Es war ja nur gemietet, der Besitzer kümmerte sich nicht darum, und Bob und Helen kümmerten sich nur um das Innere. Auf dem Land drum herum: strohiges, dürres Gras, ein paar Fichten, am Boden kriechende Latschen, eine Fahnenstange mit Basketballkorb. Auf dem Grundstück lagen große Felsbrocken, wie von einem gelangweilten Kind mutwillig herumgeworfen. Rocks in my bed. Kassettenmusik gellte. Der Picknickplatz war am Rand des Abhangs, wo man auf das trockene Bachbett heruntersah. Er bestand aus einem aus Felssteinen gemauerten Grill, einem festen Sitzplatz aus rohen Stämmen, einem Tisch mit zwei gegenüber montierten Bänken. Für diesen Anlaß hatte man dazu von den Nachbarn weitere Tische geholt und aus Stühlen und Brettern weitere Sitzbänke hergestellt – alles kreuz und quer, wie ein Banditencamp oder wie auf der Flucht. Amerika, dachte ich. So ist es. Autofriedhöfe, rostige Fabriken, Wellblechbuden. Zum Lachen, dachte ich, wahnsinnig komisch. Daneben die Autos. Hal McCabes neuer Corvair, silberglänzend, mit blauen Streifen, hatte schon einen zermatschten Kotflügel und stand mit dem Vorderrad selbstquälerisch auf einem hohen Felsbrocken. Weiter vorn am Steilhang hatte man Abfall runtergeschüttet – eine bunte Geröllhalde aus Blech und Plastik. Irgendwo auf der Wiese stand ein großer Tischtennistisch, der als Buffet diente, und Schüsseln drauf, gemischte Teller, Pappbecher, Plastikbesteck, großer Karton Kleenex. Am Boden vier Kästen Bier.

Als ich mit Bob ankam, waren, bis auf Jeffries, schon alle Gäste versammelt. Zerlumpt sahen die aus! Chester Rubin schrie: »There he is« und war überraschend guter Laune in seinen löchrigen Jeans, und Helen, die in einem vielfach geflickten Gummimantel rumlief, sagte: »Willkommen zur Schleimparty!« Ich war immer noch zu fein mit hellen Ivy-League Slacks und einem roten Hemd. »Was habt ihr vor?« fragte ich, etwas beklommen. »Look here«, rief Laura McCabe vom Buffet-Tisch her und hob eine Schöpfkelle aus einer der Emailleschüsseln: eine durchscheinende, sämige Masse troff ab. »Kartoffelschleim«, rief Laura triumphierend und tanzte mit der Kelle herum. Sie war zart wie eine Ballettdame; sie trug einen furchtbar speckigen Overall, in den sie zweimal reinpaßte. »Jawohl!« dröhnte Linda Fitzgerald mit ihrer Männerstimme: »Es hat hier alles die richtige Konsistenz!

Dies, zum Beispiel, ist Puddingschleim!« – dabei zog sie eine blecherne Schöpfkelle aus einem Topf, so daß sie hellgrüne, gummihafte Fäden zog. »Und hier«, schrie Andy Tschang, der anscheinend mit nichts als mit einem Nachthemd bekleidet war: »hier haben wir *Bierschleim*!« Er hielt eine Dose hoch, auf der das Markenwort *Schlitz* sehr kunstvoll in *Slime* abgewandelt worden war. Ich war gerührt – da hatte sich jemand viel Arbeit gemacht. In diesem Fall, zum Glück, nur äußerlich: Der Bier-Inhalt war leichtflüssig, wie es sein muß. Ganz stilecht dagegen Esthers Beitrag: ein Schweizer Käsefondue, das auf dem Grill brodelte. Es hatte fraglos genau die richtige Beschaffenheit, und auch das örtliche Wattebrot verwandelte sich darin in Schleim, wenn man es eintunkte. »Dear folks«, sagte ich, »ihr habt ganze Arbeit getan.« »Red keinen Mucus!« rief Andy und schlenzte mir einen Löffel voll Hühnerschleim an die Backe. Ich sah den Ausgang der Veranstaltung vor mir.

Oben, am Haus, sah man jetzt Jeffries' 65er Pontiac auftauchen. Jeffries stieg aus und stapfte durch den Garten – er ging nicht oft auf weichem Grund, das war zu merken. »Hi, Doc«, sagte der Gastgeber. »Wellcome to the mucus!« Jeffries grinste bis an die Ohren. Er trug einen blutbesudelten Ärztekittel.

Während sich die Gäste als erstes über das exotische Fondue hermachten, schwang Jeffries seine Bierdose und begann einen philosophischen Diskurs über das Thema. »Leben ist Schleim«, sagte er. »Ich habe nie begriffen, warum es am Ende ›Staub zu Staub‹ heißt, ›Asche zu Asche‹. Man ist doch flüssig, denkt an den Fall Waldemar!« – Ich kannte den Fall nicht, aber die Tendenz schien mir deutlich. – »Vom Mucus kommst du, zu Mucus wirst du, merk es dir, John!« sagte Jeffries. Und er verbreitete sich im Kreis der fingerlutschenden Fonduefreunde darüber, daß damit die Kultur beginne, daß dies die Funktion der Kleidung sei, den Schleimkörper zusammenzuhalten, da der Mensch, im Gegensatz zum Insekt, mit einem dafür schlecht geeigneten Skelett ausgestattet sei. Man müsse ja schon froh sein, daß wenigstens für das Gehirn ein Topf da sei, weil man sonst nie seinen Hut absetzen könnte. »Eben deshalb«, sagte Jeffries mit erhobenem Zeigefinger, »ist das Aus- und Anspucken so schimpflich, weil es dem Betroffenen seine eigentliche Natur zeigt, die er zu verbergen sucht!« – Es wurde gekichert. – Jeffries leerte seine Dose mit langen Schlucken; er blickte stirnrunzelnd im Kreis. »Ihr erkennt, fürcht ich, nicht den Ernst der Sache«, sagte er. »Der Schleim ist das Ei, und Erdöl ist Schleim, alles Schleim, der unter Wüsten und Kontinentalsockeln schwappt, ganz abgesehen von dem seltsamen Kieselgelee, aus dem unser halber Planet besteht. Ein deutscher Philosoph namens Vischer hat entdeckt, daß die ersten Menschenkulte dem Katarrh und den Erkältungskrankheiten gegolten haben: man betrachtete die Welt als Ergebnis des göttlichen Niesens – sie waren der Wahrheit nahe. Eine ausschließende Betrachtung zeigt es klar und deutlich: Kann man sich«, fragte Jeffries mit erhobener Stimme, »eine feste Gestalt Gottes vorstellen, die *nicht* lächerlich ist? – etwa ein Nashorn, einen Kaktus oder eine menschliche Gestalt, die etwa der meinen gleicht?« – »Nein!« antwortete der Chor. »Das wäre doch Blasphemie!« – »Seht Ihr!« rief Jeffries befriedigt, »ich bin der gleichen Meinung. Aber auch eine andere Vorstellung, die Vorstellung von Gott als einer dünnen Flüssigkeit ist unwürdig, weil er dann ja nur in einem Faß, Topf oder einer Flasche existieren könnte! – Als ein größeres Mucus-Gebilde sei er hingegen schon denkbar, zum Beispiel als eine Art Qualle. – Eine *Qualle*!« rief Jeffries entzückt, »ist sie nicht wunderbar, die Vorstellung von Gott als einer *enormen galaktischen Qualle*!«

Er sah aus wie ein Afterchirurg, in seinem blutigen Kittel, mit seinem scharfen Brillenglitzern; wie ein Engelmacher. Es war schon alles komisch, doch, und wir lachten auch und klatschten auch Beifall – und doch kam es mir angestrengt vor. Ein wenig verkrampft. Wie einer durch wilderen Witz den Witzbolden den Wind aus den Segeln nehmen will. Es ging ja um *sein* Lieblingsprojekt, sein Lebenswerk. – Mir schien, er war fast erleichtert, als Amy, das älteste der drei Crick-Mädchen, vom Haus her rief, Doc werde am Telefon verlangt. Er kam recht lange nicht zurück, dann aber eilig, stolpernd, mit einem ernsten, beinahe verfallenen Gesicht, und entschuldigte sich, daß er sofort ins Krankenhaus müsse. – »Was passiert, Doc?« – Er machte eine fatalistische Geste und eilte zum Auto. Den Kittel zog er im Gehen aus.

Wir blieben verdutzt zurück, aber dann war Erleichterung spürbar. Ziemlich rasch entartete die Party in der vorhergesehenen Weise. Hal McCabe hatte auf einmal ein Auge aus Schleimkäse. Von C. O. Fitzgeralds knochiger Gestalt tropfte der grüne Pudding, und Helen Cricks kreischendes Gelächter wurde schnell mit einem großen Löffel klebriger Schokoladenmasse zum Schweigen gebracht. Andy hatte es vor allem auf Esthers wollenen Bauernrock abgesehen und versah diesen mit allerhand Ornamenten aus dem inzwischen verharzten Käsefondue. Und ich – ich war natürlich das Zentrum der Mucus-Orgie und daher sehr bald von oben bis unten mit der ganzen Speisekarte, mit Sagosuppe, Majonäse, den diversen Salatdressings, Aspik, Himbeersirup, Honig und Schlagsahne besudelt. Es war furchtbar.

Später hockten wir alle in Unterwäsche um ein großes Feuer, in dem die verkommenen Kleidungsstücke brutzelten und brannten. Für danach, für den Abend, hatte Hal McCabe aus der Chirurgie einen Stoß Wegwerfkittel besorgt, damit wir uns warmhalten konnten. Esther holte einen großen Transistor aus dem Auto und machte einen sanften Beat, und eine Oberschwester der Abteilung, die sich den Nachmittag über sehr zurückgehalten hatte und als einzige noch normal gekleidet war, steuerte zur allgemeinen Überraschung eine Tüte Gras bei, aus der sie uns ein paar pralle, zeppelinförmige Zigaretten drehte. Sie gingen von Hand zu Hand im Kreis, und ein süßer Cannabisrauchring hing über unseren Köpfen. So endete die Party in einer weichen Stimmung.

Am Montag schlief ich mich aus und wanderte gegen Mittag ins Krankenhaus. Fast wäre ich auf dem Weg wirklich ins ›Natural History Museum‹ gegangen, wie der Junge im Bus mir geraten hatte – aber es hatte zu. Ich konnte über meine Zeit bestimmen, mein Stationsdienst war zu Ende; ich war nun nicht mehr Angestellter des ›Denver Medical Centre‹, sondern erhielt mein Gehalt vom ›National Health Institute‹, kurz N.I.H., das sich in Bethesda bei Washington befindet.

Ich war auf dem Weg zu Jeffries' Büro, um mir dort etwas Spezialliteratur auszuleihen. Aber schon unten, vor dem Eingang des Gebäudes, stieß ich auf Hal McCabe, der sehr erregt zu sein schien. Als er hörte, wo ich hin wollte, riet er mir ab. »Laß ihn in Ruhe«, sagte er; dann erfuhr ich, was geschehen war. Während wir fast alle bei den Cricks auf der Party waren, war in der Lungenstation ein Patient in eine schwere Krise geraten und beinahe gestorben. Es war

Mr. Kellogg, der Asthmatiker, der nicht eigentlich gefährdet war. Er war jedoch von einer Schwester in einem so ernsten Anfall von Atemnot angetroffen worden, daß Organschäden zu befürchten waren. Der Mann war noch immer nicht aus der Bewußtlosigkeit erwacht. An seinen Lippen hatte man eine weiße Salzkruste entdeckt und hatte eine Probe davon analysiert. Sie erwies sich als Histamin. Histamin ist für einen Asthmatiker lebensgefährlich. Den ganzen Tag hatten Verhöre stattgefunden. Jeffries selbst hatte die Kriminalpolizei benachrichtigt. Er war in einer unangenehmen Lage: zu der Zeit war die Abteilung ohne ärztliche Aufsicht gewesen. Nur eine Schwester und eine Oberschwester waren dort.

Ich hielt es wirklich für besser, mich erst mal rauszuhalten. Hal sah blaß und mitgenommen aus, er rauchte hastig. Alle waren verhört worden, Bob Crick, C. O., Martha Armstrong, der stille Yoshida, und sogar die Sekretärin Laureen. »Und wo haben Sie sich in der fraglichen Zeit aufgehalten, Mr. McCabe?« – »Was sagten Sie nochmal, was das für eine Party war?« – Ich fühlte mich recht unbehaglich – indirekt fühlte ich mich mitschuldig. – Ich verbrachte den Nachmittag in der Bibliothek.

Es war einige Jahre her – vier Jahre etwa, seit der Promotion –, daß ich mich so tief in eine Bibliotheksarbeit versenken mußte. Seitdem hatte sich auch hier viel verändert. Die Wissenschaftslawine war weitergerollt. Die zunehmende Zahl von Publikationen – inzwischen mehrere hunderttausend im Jahr – war immer weniger zu überblicken. Lehrbücher, ja selbst die laufend erscheinenden Übersichten, die regelmäßig den neuesten Stand einer Wissenschaft zusammentrugen, waren schon im Augenblick der Drucklegung veraltet. Jeden Tag wurde irgendwo auf der Welt eine neue Zeitschrift gegründet. Auch die Karteien waren längst zu rückständig und unhandlich geworden, wenn es darum ging, mit neuen Forschungen Schritt zu halten.

Beim Durchforsten dieser Bibliothek nach allem, was über das Thema Mucus vorhanden war, machte ich bald die Erfahrung, daß ich in Gedrucktem ertrank und obendrein noch irregeführt wurde. Die Bibliothek der Medical School hat täglich bis abends zehn Uhr geöffnet. Bis zehn Uhr war ich zwischen den diversen Karteien, Titel-, Autoren-, Stichwortverzeichnissen, Referatwerken, Sammelwerken, zwischen Dissertationsverzeichnissen, Fachlexika, Zitaten-Indices, Formelregistern, Symposiumsniederschriften, Firmenbroschüren, Pharmacopöen und den Protokollen der diversen Roundtable-Gespräche hin- und hergewandert, den Querverweisen folgend, zwischen anderen Benutzern mit ebenso umschleiertem Blick, wie Zahnärzte über offene Karteiladen gebeugt, Nummern, Notizen auf den Schreibblock kritzelnd oder in der Eile auf eines der überall herumfahrenden Ausleihformulare, oder abhakend, oder Verzeichnisse kopierend, Verzeichnisse von Übersichtsartikeln, die wiederum seitenlang auf Literatur verwiesen, in Tabellenform, mit Kürzeln, für die wiederum eine Aufschlüsselung notwendig war, an Stehpulten, an Xeroxgeräten, wo immer Schlangen waren, die plattgeknickten Zeitschriften, die Bände, die stark aus dem Leim gingen, noch einmal an die grünerleuchtete Scheibe gedrückt, mit Taschen voll Münzen, vor den Ungeduldigen, die jeden Handgriff verfolgten – dauert's noch lange?

Am Ende, um zehn, hatte ich einen dicken Stapel von Notizen und Kopien, nur zum Teil zusammenhängend, oftmals aber gar nicht, vielmehr nach allen Richtungen ausufernd und auslappend: ... Bronchialmucus ... Mucosalsecretion ... Mucocilia ... Nasal Mucosa ... Tracheal Mucus ... Mucusgeschwindigkeit ... Viscosity ... Färbung ... Thymolblau ... Jodide ... Sulfoniumsalze ... Verflüssigung ... Hundeschnauze ... Gräten und Knochen ... Pfannen ... Darmschleim ... Ulcus ... und Arthrose ... Gelenkschmiere ... Milchfett ablecken ... Grubstreet ... Veshchesty i Mikroorganizmov ... the long accepted hypothesis of a continuous tracheobroncheal mucus blanket is untenable. Man konnte es kaum packen, kaum tragen, es ging nicht mehr in die Mappe, ich packte noch einiges in Plastiktüten und stopfte einiges in meine Jackentaschen und wanderte fort.

Ich betrat eine Kneipe in der Eighth Avenue voller Palmen und Kakteen und aß, sehr hungrig, einen Cheeseburger in der Gesellschaft eines ausgemergelten jungen Mannes, der mir fortwährend etwas von *Scientology* erzählte, immer weiter, sehr redselig, wie glücklich ich dann wäre, vielmehr sein werde, und andererseits, daß ich es bereuen würde, wenn ich sein Angebot ablehnte. – »Was für ein Angebot«, fragte ich, weiterhin mit dem Cheeseburger beschäftigt, zu meinen Füßen und neben mir auf dem Tisch die Literaturausbeute – und er redete etwas von »Bedienungsanleitung für den Kopf«, redete von einem Ron Hubbard, dem »Einstein von innen«. – Ich sagte, es klänge eindrucksvoll, aber worum geht es genau, und er sagte: »Your future looks bright, very bright«, und dann, mit einem fast drohenden Unterton, ich müsse mein Leben von Grund auf »reparieren«, und dann wieder lächelnd, von Erfahrungen, »experience«, und von einer Hirnexplosion, die mich von innen heraus umkrempeln würde. Bei diesen Worten schob er meinen Literaturhaufen zur Seite, während ich unter Schwierigkeiten aß, und legte mir stattdessen ein Buch hin, drängte mir dieses Buch fast in den Leib, ein Buch von Ron Hubbard – »Nur zwei Dollar«, sagte er, als Paperback, und ich gab ihm das Geld und sagte, nun sei es genug, er solle abhauen. – Aber jetzt ging er erst recht nicht, er redete von »fantastic adventure« und ließ mich meinen Cheeseburger einfach nicht in Ruhe essen. Ich legte also den Rest des feuchten Cheeseburgers auf das Scientology-Buch und ging, mich zwischen den Palmen und Kakteen windend, hinaus, und er folgte mir, schimpfte aus der Lokaltür heraus hinter mir her, wie ich mich da abschleppte, bis zur nächsten Bushaltestelle.

›Scientology‹ – es klang nicht so schlecht. Ich hätte gedacht, es hätte etwas mit Vernunft, mit Ratio zu tun. Mit Wissenschaft oder mit einer Kritik der Wissenschaft. Kann Wissenschaft bedrohlich werden, kann man ihre Lehren mit Druck durchsetzen? Als ich nach Hause kam, war ich noch immer verwirrt.

Am Dienstag stand der Asthmatiker-Vorfall in der Lungenstation in der ›Denver Post‹. Da wurde mitgeteilt, Studenten hätten einem Patienten scherzhafterweise einen Löffel ›Histamin-Schleim‹ verabreicht, und der Patient habe dadurch einen sogenannten hypoglykämischen Schock erlitten. Als ich dies beim Frühstück las, überfiel mich ein solcher Lachreiz, daß ich Milch und Cornflakes über Tisch und Boden sprühte und dann immer noch weiterhustete, so daß Mrs. Munro aufmerksam wurde, die Treppe heraufkam und die Tür aufmachte. Sie sah mich unter dem Tisch kriechen, wo ich die Sache aufzuwischen versuchte und zugleich immer neue Lachanfälle bekam; sie sagte »oh – sorry« und zog die Tür wieder zu.

In der Zeitung stand aber auch, der Patient, Joe K.,

sei Journalist, er sei freier Korrespondent der ›Washington Post‹. Glücklicherweise habe er offenbar diesen fragwürdigen Studentenulk gut überstanden. Er sei nun wieder bei Bewußtsein.

An diesem Tag blieb ich zu Hause. Allmählich begriff ich, daß dieses Forschungsprojekt mich ganz und gar, bis an meine Grenzen beanspruchen würde. Ich mußte mein Denken disziplinieren, ich mußte meinen Kopf klar und übersichtlich machen – ich mußte mich entschließen, wonach ich suchen wollte.

Das Mucus-Problem aus verschiedenen Blickwinkeln. Also: Worum ging es überhaupt? – Wollte ich untersuchen, woraus der Stoff bestand, ob man ihn zerlegen, ihn womöglich künstlich machen konnte? Wozu er gut war? Was geschah, wenn kein Mucus vorhanden war? Nein, nein. – Nach meiner ersten Übersicht war es schon klar, daß der Wissenschaftler ganz andere Fragen stellt. Zum Beispiel: ›Effekt verschiedener Irritationen auf die tracheale Mucus-Sekretion‹; oder: ›Glycosyltransferasen und Hypersekretion von Bronchialmucus‹; oder: ›Gastrale Mucusviskosität und das peptische Ulcus‹. – Also darum ging es; es ging darum, bestimmte physiologische Teilphänomene mit dem Phänomen ›Schleim‹ zu verknüpfen. – Die Frage kann vielleicht lauten: Wenn ich einen Raucherhusten habe, wird dann der Mucus flüssiger oder zäher, und warum ist das so? Oder: Wenn ich den Mucus chemisch analysiere, kann ich aus dem Ergebnis auf bestimmte Krankheiten oder Reizungen schließen? – Aber natürlich kann ich das; die Frage war aber, *welche* Phänomene konnte man derart in Zusammenhang bringen, und wie groß war die Zahl der entstehenden Fragen? – Gab es dabei eine Rangordnung der Wichtigkeit? – Hatte es einen Zweck, nach der Besonderheit, der Zusammensetzung, Quantität, bestimmten Eigenschaften usw. des Bronchialmucus von *Degen-* oder *Feuerschluckern* zu fragen? Zwar gibt es nicht viele Degen- und Feuerschlucker, andererseits aber hat deren Mucus vielleicht eine Beschaffenheit, der man weitere Verbreitung wünscht? – Andere Frage: Konnte ich den Mucus von öffentlichen Spucknäpfen zum Gegenstand eines Großversuchs machen? Seine Menge in Abhängigkeit von der Reinheit der Luft? Seine Infektiosität? Die Frage, ob der Spuckende sich damit instinktiv von Krankheitskeimen befreit? Die Möglichkeit, daraus eine Statistik der Bronchialaffekte zu erhalten? Oder Psychologie, unterbewußte Abwehr; das Bild der Schnecke, die ohne Schleim zugrundegeht; Verbindungen zur Sexualabwehr und Sexualneurose durch die Mucusbeschaffenheit; Pidder Lyng; der Gedanke an Honig, Bilder von honigsüßen Küssen; Haferschleim als Heilkost ...

Ich rief mich zur Ordnung. Ich sagte mir: Du mußt ein wissenschaftliches Problembewußtsein ausbilden. Ich würde Rat brauchen, überlegte, wo ich am besten

Rat finden würde, und landete wieder bei Esther Sandmeyer. Sie hatte zwar keinen ausgesprochen theoretischen Verstand, aber sie hatte praktische Vernunft, die den verschlungensten Gedankenurwald durchquerbar machte.

Ich erreichte sie lange nicht; als ich sie endlich erreichte, schlug sie wieder verschiedene Treffpunkte vor, als ob sie Bedenken hätte, mich zu sich einzuladen. Tatsächlich war ich noch nie bei ihr gewesen, hatte sie noch nicht einmal von zu Hause abgeholt; ich wußte nicht, wo sie wohnte, nur die Telefonnummer hatte ich; aber ein Telefon kann man mit einem Kissen zudecken. Es war ihr wohl nicht erträglich, immer zugänglich zu sein.

Beim Telefongespräch mit ihr fiel mir das ›Museum of Natural History‹ und die Indianerausstellung ein; sie war gleich einverstanden. Am Nachmittag des folgenden Tages stand sie vor dem Portal des Gebäudes, das einen zyklopischen Eindruck machte, Anklänge an Ägypten oder anderen archaischen Pomp; sie wirkte winzig davor.

Der Junge hatte recht: Die Ausstellung war eindrucksvoll und lehrreich. Alltag und Feste, besondere Fähigkeiten und Sozialmuster der verschiedenen indianischen Stämme in großen Dioramen. Darin eine Art Collage aus nachgebildeten Szenen und typischen Gegenständen, Materialien, Fotos und Texten. Die Verschiedenheit der Stämme, Ackerbaudörfer der Pueblo, die großen Gemeinschaftshäuser der Nordwest-Indianer, das Nomadenleben der Plains-Indians. Ein Motto stand über dem Zugang: THERE'S NO SUCH THING AS THE AMERICAN INDIAN – ›Amerikanische Indianer – sowas gibt's gar nicht‹. – Ach, schöne Saloppheit in Versalien!

Vor der großen Schautafel, auf der die Wanderungswege der wilden Pferde von Mexiko her mit Jahreszahlen zu sehen waren, versuchte ich Esther mein Problem klarzumachen. Sie saß auf einem der Plastikstühle, rauchte und ließ mich reden; sonst war kein Besucher zu sehen. Ich redete, glaube ich, eine Menge Ungereimtes, weil ich, sozusagen, nichts auslassen wollte: Wie komme ich dran, wie fasse ich das, Bronchialkatarrh – den Schleim als Zeichen der Heilung; Mucus, sagte ich, wo ist der Zusammenhang, der Mucus des Magens tritt nie zutage, zum anderen putzt man sich die Nase; es läßt sich ein Edelschleim denken, sagte ich, wie ein flüssiger Opal, wie man von einem idealen Gas ausgeht und davon die Gasgesetze ableitet; andererseits wird man durch Blicke zur unrechten Zeit auf den allseitigen, permanenten Schleim gelenkt, es gibt den isländischen Thermalschleim, es gibt Schleimalgen, die fließende Gewässer zu stehenden machen, vielleicht auch das Gummi-Arabicum; sodann die Protozoen, die Zellen der Gewebe, die sich vielleicht wieder auf ihre Autonomie besinnen, auch konzentrierte Salzlösungen sind viskos, im Winter, dicktropfig, krustend auf Windschutzscheiben, und weiter, fortwährend im Jahr, Fliegen drauf, zermuste Mücken, ganz kleine nestflüchtige Vöglein ... sag doch was! Sag doch endlich was!

Esther lächelte. Ein liebevolles, hinreißendes Lächeln. Sie sagte, natürlich verstünde sie nicht, verstünde nicht alles – aber ich sei auf dem rechten Weg. Nein, sagte ich, absolut nicht; ich sähe überall Fragen. Sie sagte, so finge es immer an, und man müsse die Probleme unorthodox angehen, sonst komme doch nur das Triviale heraus. Am Anfang müsse man *jede* Frage ernst nehmen.

Wir standen vor einem sehr lebhaft und figurenreich zusammengestellten Bild, das einen Stamm der Seattle-Indianer bei einem Potlatch-Fest darstellte. Überall standen Gruppen prächtig angetaner Männer und Frauen und lauschten den Reden eines Lobredners, während der Potlatch-Häuptling herumging und mit vollen Händen Geschenke austeilte, während man im Hintergrund schon eine Scheune in Flammen aufgehen sah, während über einem anderen Feuer ein Schwein briet, während aus einem großen Holzhaus, das wie ein Schuppen aussah, Felle, große Töpfe, Gewebe und Werkzeug herausgetragen wurden und draußen mit Messern und Beilen zerhackt und zerschnitten wurden. Es gehörte zum Potlatch, daß man nicht allein soviel wie möglich des Eigentums verschenkte, sondern außerdem noch vieles zerstörte, während der Lobredner sich in himmelstürmenden Tiraden über den Potlatch-Häuptling erging. Es war ein buntes, märchenhaftes Stilleben; wir konnten uns kaum sattsehen.

III

Kenneth Mellow hatte einen graduate student zum Flugplatz von Columbus geschickt, um mich abzuholen. Die kennen ja einen Europäer unter Hunderten heraus, genau wie wir die Amis. Ein Mann mit goldumrandeter Brille trat schülerhaft zierlich auf mich zu und sagte: »Hi John, I'm Roger.« Er fuhr mich mit einem alten Rambler mit hübscher Holzimitation auf dem Blech des Laderaums quer durch die Stadt. Schaukelnd, um viele Ecken, durch löchrige Back-Alleys, wo der Wagen krachte, zwischen zwei Reihen von schelfrigen Holzhäusern, die sehr vernachlässigt aussahen.

O.S.U. heißt ›Ohio State University‹; der direkte Weg zur O.S.U. war durch eine fußballfeldgroße Baugrube versperrt; daraus sollte ein Riesenhochhaus wachsen: Greater Columbus creates its new municipal centre: *National Plaza*! – Aber man sah doch nur Buden da, Buden, billige Bars, Porno-Shops und bankrotte Geschäfte, die ihren Zustand mit grellfarbigen Riesenlettern bekanntgaben: *Going out of business! Selling at any price!* Bankrott, Ramsch und schäbiges Kreischen. Roger sagte nichts dazu; er kurvte milde um die Ecken, in der üblichen Manier, einhändig, wie ins Sofa zurückgelehnt. Er schien nichts wahrzunehmen.

Später hat mir jemand erklärt, der Zustand sei alt, und die Schilder gäbe es dort seit Jahren. Jahrelang bankrott. Es sei ein Reklametrick, um an niedrige Preise glauben zu machen, während sie in Wirklichkeit genauso waren wie überall.

Auch die Campus-Gegend war verrottet, und doch gefiel's mir da besser. Die Gegend hatte Gründe, verrottet zu sein. Die Straßen und Wege waren voll von Studenten und Co-Eds, die Gebäude platzten vor Menschen. So viele Leute auf engem Raum können eine Gegend schon abnutzen. Dabei ging eine große Intensität von ihnen aus. Gegen dieses Laufen und Lachen, die fortwährenden Zurufe über große Entfernungen, die überfüllten, tief segelnden, juchzenden Chryslers und Pontiacs, gegen die von allen Seiten aus den Fenstern – je nach Hautfarbe – herausdröhnende Soul- oder Rock-Musik, die buntscheckigen Plakat-Tapeten an Wänden und Zäunen, die Ankündigungen von Theatervorstellungen, Tanzereien, Footballspielen, Konzerten, gegen die Ameisenstraßen der Bücherpäckchen schleppenden jungen Leute kreuz und quer über das ›Große Oval‹ im Zentrum der Hochschule – gegen dies alles erschien mir im Rückblick das Leben von Denver glanzlos und schal.

Wir betraten die ›McPherson Hall‹, das Chemische Institut, zickzackten durch enge Zementgänge und fanden Professor Mellow in einem der Zweimannlabors, aus denen seine Abteilung zur Hauptsache bestand. Er hielt ein Reagenzglas in der Hand und betrachtete den Inhalt mit einer Lupe. Mit der gleichen Aufmerksamkeit wurde der Professor von einem vierschrötigen Mann in weißem Laborkittel betrachtet. Roger hatte seine Hand auf meinen Rükken gelegt; damit schob er mich zu Mellow hin und sagte: »There he is, Doc.« Mellow warf einen schnellen Blick auf mich. Er reichte mir das Gläschen und die Lupe und fragte: »See any crystals?« Ich schaute durch die Lupe auf die kleine Menge einer dicken, glasigen Flüssigkeit, die den Boden des Glases bedeckte; irgendwas schien mir darin zu glitzern; ich stammelte: »something . . . something . . . glitters . . .«, aber Mellow nahm mir die Sachen wieder ab und stellte das Glas fast verächtlich ins Gestell zurück. »Nope«, sagte er. »Das is nix. Bloß Haare, Fusseln, Dreck.« Danach gab er mir freundlich die Hand und sagte: »Also Sie sind der Reiter«, und, mit dem Finger auf den Vierschrötigen zeigend: »That's Galbraith.« So war ich eingeführt.

Er selbst war mittelgroß, schlank, vielleicht sportlich. Er trug fast die gleiche goldumrandete Brille wie sein Schüler Wade und zeigte gewöhnlich ein schmales, dünnlippiges Lächeln. Abgesehen von seinen grauen Haaren, die bubenhaft gescheitelt waren, wirkte er alterslos. Das kam vielleicht von seinem einfachen Leben. Er war Chemiker, und er hatte nur noch *eine* Leidenschaft außer Chemie: den alten Jazz. Er sprach von ›Authentic Jazz‹. Roger erzählte mir mehr davon. Mellow besaß eine umfangreiche Sammlung alter Schellackplatten. Das Studio, in dem diese abgespielt werden konnten, war sein Allerheiligstes, in das nur Auserwählte eingelassen wurden. Mellow kannte mehrere Jazzmusiker persönlich. Wenn Louis Armstrong in Columbus oder Umgebung ein Konzert gegeben hatte, wohnte er bei Mellow; Mellow war Junggeselle.

Was die Chemie anging, so war Mellow eine Koryphäe auf dem Gebiet der Zucker, der Kohlehydrate. Er war ein Zucker-Spezialist. Er hatte sein Leben zwischen dem authentischen Jazz und den Zuckern verbracht. Auf seinem Schreibtisch stand neben dem von ihm mitverfaßten Handbuch für Kohlehydrate das Buch ›Shining Trumpets‹ von Rudy Blesh, das dem nach 1930 entstandenen Jazz jegliche authentische Qualität absprach.

Auch bei mir ging Mellow davon aus, daß ich Spezialist sei – Spezialist für Mucus, und alles, was ich dagegen einwandte, gegen diese Ehre, oder was es war, hielt er für falsche Bescheidenheit. »Sie wollen also«, sagte er, »über Mucus-Chemie bei mir arbeiten. Das ist natürlich nicht nur ein Zucker-Problem.

Es ist, unter anderem, auch ein Aminosäure-Problem. Sie wissen, daß im Mucus überdurchschnittlich viel Threonin und Serin enthalten sind, natürlich zusammen mit Glucosamin, Galactosamin ...« – Ohne auf meine Ratlosigkeit zu achten, fuhr Mellow unbeirrt fort, fragend, antwortend, als sei ich es, der ihm die Stichworte gab.

»Zucker und Aminosäuren«, sagte er, »das ist altbekannt. Was aber weiß man über die Enzyme, die aus diesen Substanzen Mucus synthetisieren? Nicht viel, fürchte ich. Daher wissen wir auch nichts über ihre Veränderungen bei Schleim-Anomalien, bei Schleim-Hypersekretion, bei Krankheiten, die sich durch besonders zähen Schleim manifestieren; das interessiert die Medizin. Aber wir wissen es nicht. Viele weiße Flecken. Handelt es sich um das gleiche Enzym, oder handelt es sich um ein anderes, oder um eine andere Kombination; ist die Veränderung die Antwort auf ein anderes Baustein-Angebot, oder nur eine Frage des Molekulargewichts, also der Länge der Moleküle; das ist meine Vermutung. Aber wie wirken dann die einfachen Salze auf den Mucus, wie wirkt Ammoniumjodid, Kaliumbromid, und wie wirkt die einfache Lakritze? – Es wird Molekül-Entknäuelung sein, oder osmotische Austrocknung – eines von beiden – was meinen Sie dazu?«

Ich brauchte nichts zu meinen. Mellow war einer jener Akademiker, die ihre Fragen gleich selbst beantworten: schwer zu sagen, ob es an ihrer Ungeduld lag, oder an der vermuteten Unwissenheit des Gegenübers. – Er hatte jedoch recht mit dieser Vermutung! Vor ihm fühlte ich mich als Scharlatan. Ich hätte ihm gern gesagt, daß ich von alledem, was er voraussetzte, nichts, aber auch gar nichts wisse und verstünde. Aber er ließ es nicht zu. So kommt man zu einem Ruf.

Für den ersten Tag in Columbus war Roger Wade mir als Führer zugeteilt. Er half mir eine Wohnung finden – ein kleines, möbliertes Appartement, ein Zimmer mit Küchennische und Bad, Nr. 49½ Ninth Avenue, nahe am Campus. Er zeigte mir, wo man am günstigsten essen konnte, wo der nächste Drugstore, die Wäscherei, die Buchhandlungen waren, und – solang ich mir kein Auto zulegte – wie man mit dem Bus ins Zentrum der Stadt kam. Er machte das ausgezeichnet, systematisch, alles Lebensnotwendige Punkt für Punkt abhakend. Nebenbei zeigte er mir die Sehenswürdigkeiten, das ›State Capitol‹ mit der üblichen Kuppel, das Kunstmuseum mit einem Frans Hals und einem Rembrandt zugeschriebenen Gemälde, er fuhr mit mir an den Fluß Scioto mit seinen von Unrat verkrusteten Ufern und zum größten Warenhaus der Stadt, dem ›Lazarus‹.

Mittags aßen wir in der ›Students Union‹, einem abgegrenzten Teil der Mensa, der für die ›faculty‹, die Mitglieder des Lehrkörpers, vorbehalten war; es saßen dort viele lauthals über fachliche Späße lachende Fachleute, viele offenbar bekannt in der Welt der Wissenschaft – Roger ließ nur die Namen fallen, kommentarlos.

»See the bald one, with the flowery shirt?«

Der Kahle mit dem Blumenhemd war Joe Cava.

Und wer war Joe Cava? – Ich mochte nicht fragen. Mit dem Greenhorn-Bonus muß man sparsam umgehen.

Am Nachmittag fuhr Roger mit mir ins offene Land, südliches Ohio, Stoppelfelder, braungedörrtes Grasland, weitentfernte Höfe, Ortschaften, die nur aus Tankstellen bestanden. »Ohio Farmbelt«, sagte Wade. Ich stellte mir die Farmer vor, ausgemergelte Männer mit runden Stahlbrillen, mit schnabelartigen Schirmmützen, mit leicht gekrümmten Rücken, die mit ihren Ölkannen um ihre riesigen Maschinen herumgehen, wortkarg, sachkundig, das ganze Jahr über, bis auf die eine Woche, in der sie Tag und Nacht, von riesigen Staubwolken eingehüllt, ihre Felder abernten, die größer sind als ein deutsches Bundesland. Ich sah aber keinen Menschen; auf der ganzen Fahrt keinen einzigen Menschen.

Auf dem Rückweg zeigte mir Roger das Negerviertel von Columbus. Vorsichtig schlängelte sich der Wagen durch die Straßen mit vielen Schlaglöchern. Anders als andere arme Stadtviertel sah es in meinen Augen nicht aus. Die üblichen verlotterten Holzhäuser und Vorderveranden, Fenster mit zerbrochenen Scheiben oder mit Pappe drin, zerfetzte Sessel und Sofas in Vorgärten, Eisschrank- und Autowracks in Vorgärten, dazwischen flatternde, bunte Wäsche, löchrig. Im Gegensatz zu anderen Vierteln ging's hier aber lebendig zu. Da waren Rotten von rennenden, herumturnenden, bunt angezogenen Knirpsen, von Halbwüchsigen, die Baseball oder Basketball spielten, die rauchend zusammenstanden, die einen Transistor ans Ohr hielten. Ein winziges, lachendes, schwarzes Bübchen und ein lachendes Mädchen mit roten Schleifen um die Rattenschwanzzöpfchen, die fröhlich an einem Katzenkadaver herumzerrten. Vor einigen Häusern standen schwarzglänzende und chromblitzende Cadillacs.

Obgleich er während dieser Fahrt kaum ein Wort sagte, war es klar, daß Wade mir seine Ansicht über das Negerproblem demonstrieren wollte. *Da hast du sie: schlampig, dreckig, arbeitsscheu, verantwortungslos Kinder machend, hochstapelnd mit Wohlstandssymbolen,* das wollte er ausdrücken. *Drittklassige Menschen; an inferior race.* Später sprach er das auch aus.

Ich stellte fest, daß Wades Ansichten auch auf diesem Gebiet mit denen seines Professors übereinstimmten. Wie sich das bei Mellow mit der Armstrong-Freundschaft und der Vorliebe für schwarze Musik vertrug, habe ich nicht herausbringen können.

Einige Tage nach meiner Ankunft in Columbus machte ich eine Bekanntschaft neuer Art. Der Mann hieß Keith Rothko; er steckte gerade seinen roten Lockenkopf aus einem Fenster im Parterre des Hauses in der Ninth Avenue, als ich mit einer prallen Abfalltüte ratlos vor vollen Mülleimern stand.

»Can I help you?« – Ich hob wortlos meine Tüte; – er zog wortlos den Kopf zurück und kam heraus zu mir. »Good God«, sagte er, »noch so ein Waste-Maker im Haus.«

Er zeigte mir, wie man hierzulande den Abfall in brennbare, faulbare und sonstige Anteile sortierte; hier sei ein Feuerplatz, dort der Komposthaufen, der Rest passe dann schon rein, in die Tonne. In Zukunft solle ich meinen Müll von vornherein in drei Tüten aufteilen – oder besser in einem ›gesunden‹ Laden (›a sane shop‹) einkaufen, wo sie einem keine überflüssige Verpackung aufhalsen. Ich hätte wohl schon bemerkt, sagte er mit einem plötzlichen scharfen Ton: Er sei ein ›Umwelt-Freak‹. Er gehöre zu einer Umweltgruppe namens *Ecohio.* Da propagierten sie Naturdünger und Solarenergie. Er selbst und seine Freundin Zoe betrieben einen Laden für ›natural food‹, Lebensmittel ohne Kunstdünger, ohne Antibiotika, ohne Herbizide. Wir nannten uns unsere Namen, ich sagte, daß ich bei Professor Mellow arbeitete. »Mellow, the chemist?« Keith verzog sein Gesicht.

Ich war schon am nächsten Abend bei den beiden zum Essen eingeladen. Sie bewohnten die Erdgeschoßwohnung des Hauses, in dem ich zwei Zimmer im dritten Stock hatte. Sie hatten überall, außer vor dem Klo, die Türen ausgehängt, alles ein einziger großer Raum. Möbel waren spärlich, wir hockten auf dem Boden, der in mehreren Lagen mit bunten Wollteppichen belegt war, »made by pueblo indians«, sagte Zoe, »in their concentration camps«. Die immer barfuß umherwandernde Zoe, in einem langen, mit Sternen bestickten Hängekleid, mit großer, kreisrunder Brille, mit schwarzem Haarknoten. Zu essen gab's heiße Maiskolben, Salat aus viel rohem Gemüse, selbstgebackenes Brot, zu trinken gab's Fruchtsaft und Kräutertee. Ich probierte die Sachen vorsichtig, aber es schmeckte. Ich mußte das zugeben, die Sachen schmeckten aromatisch und kräftig. Die Dekoration der Wände waren psychedelische Poster mit viel Gold und Regenbogenfarben, auch Joan Baez hing da, und Bob Dylan, und die Musik war auch so.

Es gab aber nicht dieses Summen, Wiegen, die Meditationsstille, die ich erwartet hatte. Es wurde gelacht, geredet, ausgeforscht. Ja, sie wollten mich richtig ausquetschen, sie wollten alles wissen. »Europa, Deutschland, die Stadt wo du herkommst, Schule, Arbeit, Industrie, was denkt ihr über uns, über Rassismus, über Vietnam, über den Sozialismus, über die Natur?«

Ja, was dachten ›wir‹ darüber? Lieber Gott, ich wußte ja selbst kaum was. Meine Mutter hielt nichts vom Sozialismus, ein paar Freunde mit wechselnden Meinungen, Kaugummi und die großen karierten Hosen der Touristen von Übersee. Es war anstrengend, jahrelang versäumtes Nachdenken nachzuholen. »Die Unterschiede sind nicht groß«, sagte ich.

»Und du? Was tust du als Broterwerb? What are you doing for bread?«

Ich bemühte mich, es zu beschreiben; bemühte mich, das Mucus-Projekt zu beschreiben.

»You mean, you are working on *slime*?«

»So ist es. Man erforscht den Magenschleim, den Lungenschleim ...«

Schallendes Gelächter. »Du willst uns hochnehmen. You're kidding.«

Ich gab mir Mühe, die Bedeutung des Mucus in Gesundheit und Krankheit zu erläutern. Ich redete von den Grenzflächen, an denen die lebenswichtigen, von außen kommenden Stoffe vom inneren Transportsystem übernommen werden. Ich redete von Resorption, Fremdkörpereinschluß, vom Schleim als Schutzschicht, als Gleitmittel, als Anzeiger der Körperverfassung.

Sie schüttelten die Köpfe. Crazy, man, crazy.

Ich redete von der Möglichkeit einer aktiven Rolle des Mucus, mögliche bakterizide Eigenschaften, immunologische Funktionen, lebenswichtig oder nie ersetzbar oder nicht, vielleicht synthetisch, oder durch Nachhelfen, durch Zufuhr von Hilfsstoffen, von Enzymen, von sogenannten precursors.

Sie sagten, das seien alles Irrwege. Zoe sagte: »Science stinks.« Schon die Basis der Wissenschaft war ihnen suspekt, es sei die analytische Denkweise weder der lebenden Welt noch dem lebenden Körper angemessen. »Chop off my head and call me baldy«, sagte Keith. Dieses Zerschneiden, Zerlegen, diese elende Pfennigfuchserei. Sähe ich denn nicht das Rasende der Bemühung, wenn diese Wissenschaftler mit immer aufwendigeren Instrumenten immer weltferneren Einzelheiten nachjagten und die Ergebnisse, die sie achtlos wie Maulwürfe hinter sich ließen, in der Hand der Verwerter die Welt beschädigten. Es sei eine Kunstwelt, und die Antworten seien wie die Fragen.

Wie sei denn das Resultat. Sie gaben Beispiele. Das Erdöl und seine Folgen. Plastikkultur. Automatischer Mensch. Geschändete Landschaft. Gesundheit um den Preis neuer Krankheit. Der Zynismus. Naturausbeutung. Die entschwindende Sinnlichkeit. Die Steuerung von Menschen vom Pult aus. Sie zerschneiden lebende Tiere, lassen Sterbende nicht sterben, verdampfen Metalle, verflüssigen die Luft, Vergewaltigung und Mord das Endresultat der ganzen Wissenschaft.

»Nun, nun«, sagte ich. »Langsam, langsam.« Ich

fing an, die üblichen Entlastungen aufzuzählen, Hilfen, Unentbehrlichkeiten, auch in *diesem* Haus, mit einer Schwäche im Ton; besiegte Krankheiten, Fortschritte, mit nur dünner Überzeugung, obgleich ich überzeugt war... Ich wollte zur Nüchternheit anhalten, trotz aller Nachteile.

Aber sie wollten nicht nüchtern über die Wissenschaft reden. Sie wollten überhaupt über nichts nüchtern reden, ihre Einstellung zur Umwelt und zur eigenen Person unterschied sich von der meinen grundsätzlich. Da war auch ein Problem der Sprache. Mir schien, als besäße ich nicht die Worte für ihre Weltansichten, und umgekehrt. Oft interessierte sie bei dem, was ich sagte, die Form mehr als der Inhalt.

Sonderbar war es, daß wir uns dennoch nicht stritten. Sie hatten eine Art zuzuhören, still und längere Zeit, über wenige Worte nachzudenken, mit unerwarteten Worten zu erwidern, die Unfrieden nicht zuließ. Bei aller Überzeugtheit: Bescheidenheit. Jaja, sagte ich zu mir, Keith und Zoe – beneidenswert. Ich merkte schon, daß sie ihr Leben genossen, die Arbeit in ihrem Laden, Picknicks auf dem Lande, ihre Freundschaften, Musik, und die Liebe. Ich ging gerne zu ihnen, aber die Entfernung zwischen ihnen und den Denkgebäuden in der McPherson Hall war so groß, daß ich sie immer nur mit Anstrengung überbrückte. Die Diskrepanz zwischen vielen gleichrangigen Dingen kann krank machen.

Tagsüber arbeitete und diskutierte ich mit Wade und Galbraith, bewegte mich zwischen Labors und den Meßräumen, in denen die Apparate für Spektren und Analytik standen. Mellow sah ich selten, er war stark mit Vorlesungen, Verwaltungsarbeit und einem wissenschaftlichen Handbuch beschäftigt, dessen Herausgeber er war.

Wade und Galbraith waren ganz unabhängig von Jeffries' Mucus-Projekt auf das Problem angesetzt worden. Sie waren auch schon vorher mit der Chemie dieses Umkreises beschäftigt gewesen. Galbraith hatte über Röntgenspektren von Zuckern, Wade über die Synthese der NANA, eines Mucus-Bestandteils von ungewöhnlicher Zusammensetzung, promoviert. Auf Wades Arbeit war ich bei der Literaturrecherche in Denver gestoßen. Ich hatte Jeffries gefragt, ob er etwas über die O.S.U.-Arbeitsgruppe wisse. Jeffries kannte Mellow oberflächlich, hielt ihn für einen guten Fachmann. Er telefonierte mit ihm, und es wurde vereinbart, daß ich dort ein paar Wochen als Gast zubringen sollte.

Über die NANA wußte man also Bescheid. Aber die NANA war ein Einzelfall, so etwas wie ein Mucus-Außenseiter. Die chemische Natur der eigentlichen Mucus-Substanzen war nur in Umrissen bekannt. Man kannte die Bausteine, Aminozucker und Aminosäuren, wußte aber nicht, wie sie verknüpft waren. Es war daher Roger Wades Aufgabe, sämtliche möglichen Zweierkombinationen des Aminozuckers Galactosamin mit den Aminosäuren Serin und Threonin herzustellen. Galbraith wiederum bemühte sich, durch schrittweise Aufspaltung der Mucus-Substanzen solche Zweierkombinationen aus dem natürlichen Mucus zu isolieren. Danach waren die natürlichen mit den synthetischen Produkten zu vergleichen und auf diese Weise zu identifizieren. Dieses Prinzip sollte in aufsteigender Linie bis zu den intakten Großmolekülen des Mucus fortgesetzt werden. Eine Lebensarbeit.

Ich kam jeden Morgen als erstes in das Labor, um zu hören und zu sehen, was da Neues war. Neues gab es selten, denn die chemischen Verbindungen der Zucker sind schwer zu isolieren und noch schwerer zu kristallisieren. Wade und Galbraith verwiesen auf ihre Proben von glasartiger oder sirupartiger Substanz, sie zeigten mir die dazugehörigen Kurven verschiedenartiger Spektren, aus denen Schlüsse auf die Molekülstruktur gezogen werden konnten. Sie erklärten mir, was die einzelnen Kurvenzacken, ›peaks‹, bedeuteten, woraus ich entnehmen konnte, daß die gewünschten Stoffe durchaus schon vorlagen, daß die vorgezeigten Siruptröpfchen aus dem gewünschten Stoff bestanden; und doch gab man sich nicht zufrieden, zog zweite, dritte Messungen heran und versuchte, immer noch weiter zu reinigen und möglichst die Substanz in Gestalt von Kristallen zu erhalten.

Es wäre übertrieben, wollte ich behaupten, ich hätte alle diese Darlegungen der beiden Chemiker verstanden. Immerhin bemühte ich mich. Täglich verbrachte ich dort zwei oder drei Stunden, spekulierte mit ihnen an der Wandtafel herum, oder lehnte still in einer Ecke, in der Hand ein gläsernes Becherglas voll Kaffee, und beobachtete, wie die beiden sich fluchend mit irgendeiner mühsamen Manipulation abplagten.

Sie waren sehr verschieden, fast gegensätzlich. Wade war reinlich, sorgfältig gekleidet, prüde und strebsam. Er hatte eine glückliche Hand in der praktischen Laborarbeit, sein Spitzname war ›streak‹, ein wenig spöttisch; ›streak‹, das bedeutet den Streifen weißer Materie, der, von einem Glasstab beim Reiben in einem Reagenzglas erzeugt, den Beginn des Kristallisierens anzeigt: ein triumphaler Augenblick. Weniger gut war Wade im Interpretieren von Spektren, in allen mathematisch-physikalischen Bezirken. Die waren die Domäne von Galbraith. Er konnte auch verwickelte Spektren, die durch Überlagerung vieler einzelner zustande kamen, vernünftig erklären, wobei ihm ein verläßliches Gedächtnis zu Hilfe kam. In der praktischen Laborarbeit jedoch war Galbraith tapsig und vom Pech verfolgt. Bei ihm klirrte es oft, und in den zerbrochenen Gefäßen hatte sich nicht selten das Resultat tage- oder wochenlanger Mühen befunden; man sah ihn dann, kniend, mit wutrotem Gesicht, verschüttete Flüssigkeiten mit Zellstoffschnitzeln auftupfen, diese wieder auskochen, um den wertvollen Stoff, wenn auch erneut verunreinigt, nach dem Umweg über den Boden, zu retten. Und dieser Boden war aus Zement, rauh und rissig und gesättigt mit dem chemischen Unglück von zwei Generationen.

Die Labors der Abteilung waren so alt wie das Gebäude – 40 Jahre. Die Labortische bestanden noch aus Holz und hatten, statt wie heute gekachelt zu sein, einen Schutzüberzug aus Asphalt. Den größten Raum auf den Arbeitsplätzen nahmen die hohen, mit weißem Material gefüllten Glasrohre ein, die ›Chromatografiesäulen‹; darunter standen die Probensammler, eine Art Karussell, in dem über 100 Glasröhrchen in einem einstellbaren Rhythmus unter dem Auslauf der ›Säulen‹ vorbeigedreht wurden; auf diese Art trennten sie ihre Stoffgemische. In jedem Labor gab es zwei gegenüberliegende, eingeglaste, vorne mit gläserner Schiebetür versehene Arbeitsplätze, die speziell ventiliert waren – für den Umgang mit besonders lästigen oder giftigen Stoffen. Sie nannten sie ›hoods‹. Es schien aber, daß es Gifte hier nicht gab, denn die ›hoods‹ waren angefüllt mit staubigen Gefäßen, mit teilweise jahrealten Stoffproben. Die übrigen Laborwände waren fast bis zur Decke hinauf mit Regalen bedeckt, darauf Chemikalienflaschen, Glasgeräte, kleinere Apparate, Schachteln, das meiste mit einer klebrigen Staubschicht überzogen, dem verbindenden Element aller Laboratorien der ›McPherson Hall‹. An den Fenstern zwei Schreibplätze mit Telefon, einem kleinen Bücherbord, Schubfächern, Aktenfach und Privatgegenständen, wie Galbraiths Transistorradio, das den ganzen Tag ganz leise vor sich hindudelte. An Wänden und Decke Spritzspuren von Experimenten, die außer Kontrolle geraten waren.

Bewegte man sich durch das Gebäude, so sah man, daß die Arbeitsplätze überall von der gleichen melancholischen Unansehnlichkeit waren. Staubgrau, nikotinig verfärbtes Elfenbein und das schwärzliche Braun des Asphalts und zersetzter Substanzen waren die vorherrschenden Farben. Das Außenlicht, das durch die kleinteiligen Fenster im Eisenrahmen kam, brachte kaum mehr als eine matte Dämmerbeleuchtung zustande; die Neonröhren brannten den ganzen Tag; dazu die Gerüche. Die Luft war gesättigt mit süßlichen, beißenden, fauligen, fischigen, tranigen, teerigen, schrägen, erstaunlichen und widersinnigen Gerüchen, die sich in den verschiedenen Abschnitten des Gebäudes mit dem jeweils typischen Aroma eines Ganges vereinigten, zu einem Duftsiegel, Markenzeichen einer Arbeitsgruppe: *Phosphin* und *Boran*, mit stumpfen fischigen Varianten – das waren M. S. Newmans Leute. *Schwefelverbindungen*, mit Spielarten von faulem Ei und Exkrement – das Zeichen von Joe Cava. Mellows Leute wiederum trugen den Geruch von *Chloroform* mit sich, süßlich und hypnotisch, wie sie es für ihre Trennsäulen benutzten.

Wenn ich Wade und Galbraith einmal auf die triste Umwelt hinwies, in der sie ihre Tage zubrachten, so waren sie erstaunt. »Why – that's how labs are. – Labors müssen so sein.« Eine Bedrückung schien ihnen daraus nicht zu entstehen.

In diesen Wochen im engen Laborkontakt lernte ich wichtige Dinge. Ich erwarb die nötigsten chemischen Fachkenntnisse; und ich lernte, wie diese Fachleute denken – vielleicht wie sie fühlen. Es ist schon so: besondere Gefühle, Arten zu fühlen, erwachsen aus jedem besonderen Fach; Gefühle für Materialien, für günstige Umstände, für die Nähe von Lösungen.

Was ich kannte, waren Medizinergefühle, das Mediziner-Innenleben. Der unaufhaltsame Drang zum Fremdwort, auch wenn ein deutsches zur Hand war: Appendektomie, Histerektomie, infaust, moribund... Ein Hang zu mechanischen Bildern: Pumpe, Gelenkschmiere, Windkessel, Bag of worms. Bei Arzneien ist der Patient unweigerlich Versuchskaninchen. Man ›stellt ihn ein‹. Es heißt: Wie spricht er an? Es heißt: Hat er Nebenwirkungen? In der täglichen Hetze, kaum noch Bewußtsein, aber Einschätzungen, Einstufungen, Blickkontakte. Und eine Empfindung vom Kranksein.

Chemiker waren anders. Verschlossen, brütend,

mit nachspürenden Stoffgefühlen. Auffallend die besondere Rolle der ›Reinheit‹, der ›reinen Substanz‹ im Leben der Chemiker. Ein derart isolierter Stoff, in der Regel ein weißes Pulver oder ein fein glitzerndes Häuflein kristalliner Knollen, im Lauf der Synthese auf die erwartete Weise entstanden, dessen physikalische Meßwerte und Spektren mit den Forderungen der Theorie übereinstimmten, schien ein Hochgefühl in ihnen zu erzeugen. Euphorische Rötungen erschienen auf Wades Wangen, wenn er eines Morgens in einem seiner vielen Proberöhrchen den ersten Reibestreifen, blinkende Punkte oder die Rosette eines Kristalls entdeckte. So lebhaft war er sonst nie. »Man!« rief er, wie ein Discjockey. »Look at this thing crystallizing! Ain't that beautiful!«

Ganz begreiflich war mir diese Begeisterung nicht; ein solches Entzücken über eher unansehnliche Krusten, feuchte Häufchen, blinkernde Massen – mir schien es überzogen. Was Wade und Galbraith sahen, war offenbar nicht dasselbe, was ich sah. Für mein Auge war etwas, das wie Zucker oder Salz aussah, etwas Alltägliches. Sie aber erblickten darin schon die Geometrie des Moleküls, die Zickzackketten oder die Ringe, ja, sie verhielten sich, als seien schon jene feinsten Details des inneren Aufbaus sichtbar, die bislang nur als Hypothesen existierten und die noch keine Vergrößerung sichtbar gemacht hat – weil sie *so* nicht aussehen. »Schau dir das an, John, die Furanose, der Zucker als Fünfring.« In ihrem Übermut zelebrierten sie geradezu förmliche Vorstellungen: »I want you to meet: Beta-Galactan.« Unwillkürlich fielen mir Keith und Zoe ein, für die alle Wissenschaft ein Wahnsystem war.

Nach dem Mittagessen – Hamburgers oder Hot Dogs in einer der lärmerfüllten Kneipen am Rand des Campus – kehrte ich gewöhnlich nicht wieder ins Labor zurück, sondern ging in die Bibliothek, ein stattliches, fast theaterartiges Gebäude, am Ende des ›Grand Oval‹ hoch über den Baumkronen wie über den Wolken ragend. Die Bibliothek war noch besser eingerichtet als die in Denver, inmitten der Büchermassen behaglich mit vielen Lesenischen, knisternder Stille, aufmerksame Gesichter, wie eingelassen zwischen den Bücherlücken. Ich durchpflügte die Literatur unter neu hinzugekommenen Gesichtspunkten, in Feldern zwischen Medizin und den anderen Disziplinen. Natürliche Fundorte von Mucus-Bestandteilen, ein Gebiet, das ich bisher außer acht gelassen hatte. Glucosamin ist im Chitin der Insektenpanzer, Glucuronsäure auch im Heparin, in Haaren, Serin gab es reichlich in der Seide – es war danach benannt. Threonin hatte man vor allem im Hafer gefunden. Was ich erreichen wollte, war eine Fundstättendokumentation, eine biologische Übersichtskarte. An die Verwendung dachte ich locker. Ich dachte mir Sätze hinzu wie »Summe mehr als die Teile«, »Eigengewicht der Wissensmasse«, und eine Entdeckung sei ein »blitzartiges Verknüpfen weit auseinander liegender Wissensbruchteile«. Fleming war Militärarzt gewesen, die mangelnde Beherrschung der Wundinfektion war ihm brennend vor Augen; als er zehn Jahre später durch das Mikroskop eine durch Pilzbefall zerstörte Bakterienkultur sah, sprang der Funke über. Es war der Kurzschluß zum Penicillin. – In der Bibliothek blieb ich bis spät.

Das Privatleben beschränkte sich auf das Elementare. Auf dem Heimweg nahm ich mir Brot, Aufschnitt, Tee aus der kleinen Grocery Ecke High Street und Tenth Avenue, wo man die kleinen, quietschenden Einkaufswagen nur mit Mühe zwischen den Regalen durchbugsierte. Mr. Buckner hatte tiefe Ringe unter den Augen und nie Kleingeld, so daß ich ein wachsendes Guthaben bei ihm hatte. Wenn noch Licht war, holte ich meine Wäsche aus der chinesischen Wäscherei, wo der Preis mit dem Abakus, fünf Reihen Holzkugeln auf einem Drahtständer, mit Lächeln und Behendigkeit ermittelt wurde. Auf meinem Verzeichnis waren Hemden, Unterhosen, und alles ins Chinesische übersetzt. Eine pergamentene Frau sah ich nur aus dem Halbdunkel der Bügelstube lugen, niemals im Freien. Dahinter wohnten sie.

Dann heim, in meine mit Woolworth-Einheitsmöbeln, mit vorwiegend grünen Plastikbezügen ausgestattete Wohnung. Es gab drei völlig gleiche Stehlampen mit einem aufgedruckten Mount Rushmore. Aus dem Umkreis des Campus herauszuwandern, reizte mich wenig. Der O.S.U.-Campus, eine Insel von einem Quadratkilometer, war allseitig von trüben Vierteln umgeben, wo eine unheimliche Stille herrschte – selten ein Hillbilly, lederartig im Overall, mit Gitarre auf einer Treppe hockend.

In die Innenstadt fuhr ich alle zwei Wochen mit dem Bus, kaufte was eben nötig war, Sonnenbrille, Regenhaut, Wasserkocher, Ventilator. Auch besuchte ich den Bauernmarkt in einer großen Wellblechhalle, wo man sonst nicht erhältliche ländliche Lebensmittel bekam, grobe Schinken- oder Leberwurst, ungebräuchliche Gemüse wie Lauch oder Sellerie, und Roggenbrot. Über den Ständen der Farmer hingen Namensschilder wie ›John Overbeck‹, ›Burt Schnitzler‹, ›Hermann Muhlhaupt‹, ›Gus Stein‹. Viele waren ›Amish‹, schwarzgekleidete Angehörige einer Sekte von deutscher Herkunft, die fast jede moderne Bequemlichkeit verbot. Keine Autos, keine Maschinen, keine Kühlschränke, kein TV; keinerlei Agrarchemie. Es hieß, sie seien reich.

Auf diesem Markt machte ich Bekanntschaft mit dem Ehepaar Rost, mit dem ich dann, während meiner Zeit in Columbus und bei späteren Kurzbesuchen, sporadischen Umgang hatte. An einem Stand, dessen Waren zu allem Überfluß auch noch mit ›original German food‹ gekennzeichnet waren, sprach mich ein kleiner faltiger Mann mit goldblitzenden Zähnen an. Er sprach deutsch. Er habe gleich gesehen, daß ich »von drüben« käme. Was ich hier machte, wo ich wohnte? Es ergab sich, daß er und seine Frau – eine dralle Gestalt in einem Hosenkostüm, die ich sonst für seine Tochter gehalten hätte – nur ein paar Häuser weiter wohnten. Ich müsse unbedingt kommen, Bratkartoffeln essen, German beer trinken. Er könne mir ein paar interessante Dinge zeigen. Ich würde staunen.

Hermann Rost war ein Erfinder. Ich hatte kaum eine Viertelstunde in seinem Wohnzimmer gesessen, dessen Inhalt in dieser Zeit nicht zu überblicken war, da demonstrierte er es mir schon. Er hatte jedem von uns ein großes Glas Bier eingeschenkt, mit mir angestoßen, durch die halb offene Tür hinausgerufen: »Helga, gell, du machst sie schön kroß«, dann sagte er, als ob er sich unsichtbar die Hände riebe: »So, jetzt werde ich Ihnen was vorführen.« Er betätigte an einem kleinen Armaturenbrett, das er von seinem Sessel aus ohne Aufstehen erreichen konnte, einige Schalter und Knöpfe. Darauf entstand ein farbiges Wasserschauspiel. Aus drei oder vier ungleich großen Kunststoffbecken, teils mehrstöckig, erhoben sich fächer-, blüten- oder frisurartige Springbrunnenstrahlen, die von versteckten bunten Glühbirnen mit immer wechselnden Farben beleuchtet wurden. Man hörte, neben dem Plätschern und Spritzen, das einen im Inneren eines Hauses unruhig macht, das Surren und Mahlen vieler Elektromotoren. Der Glasklang einer Spieluhr, die in dem Luxusmodell eingebaut war, ging darin fast unter. Herr Rost saß eine Weile andachtsvoll. Dann wollte er meine Meinung hören. Ich sagte: prachtvoll, man könne sich kaum sattsehen. Er stand erregt auf, erläuterte mir die Einzelheiten der Konstruktion und sagte, die »Heim-Fongtänen« seien noch vielfach abzuwandeln, sie seien zum Patent angemeldet. Er habe auch einen Interessenten, der ihm alles abkaufen wollte, er wolle aber noch warten, bis es mehrere seien, die er dann gegeneinander ausspielen könnte.

Inzwischen roch es stark nach Bratkartoffeln. Frau Rost brachte Teller und die zischende Pfanne herein, und einen Topf voll Frankfurter Würstchen, die hier sehr teuer waren. Sie brachte mehr Bier. Bevor sie sich selbst endgültig zum Essen setzte (»Helga, nun komm doch endlich, es wird ja alles kalt«), verschwand sie noch einmal und kehrte in einem schwarzen Rock und engem rotem Pulli wieder, der ihre Figur gut zur Geltung brachte. Zum Nachtisch gab es Schokoladenpudding und Vanillesauce.

Wir aßen lange und mit Behagen. Als wir fertig waren und Herr Rost sich eine Zigarette ansteckte, beugte sich Frau Rost zu ihm hinüber, pflanzte ihm einen lauten Kuß auf die Stirn. »Ich räum schnell auf – du kannst ja Herrn Reiter noch ein paar Erfindungen zeigen.« Dabei schien es mir, als blinzele sie mir zu. Herr Rost ließ es sich nicht zweimal sagen.

Im Laufe des Abends zeigte er mir ein musikalisches Kissen, das beim Draufsetzen ein Glockenspiel hören ließ, einen Bierkrug mit Innenbeleuchtung, einen anderen Bierkrug mit Flüssigkeitsanzeiger, ein notenständerartiges Gerät, mit dessen Hilfe man im Bett oder in der Badewanne bequem Zeitung lesen konnte, und eine winzige Handdruckmaschine zur Selbstherstellung von Visitenkarten. Das eindrucksvollste Gerät konnte er nur als Zeichnung vorlegen – die Blaupause der Zeichnung, die er beim Patentamt eingereicht hatte. Er nannte es ›Himmelsschreiber‹, es war eine Art Kanone, auf Hausdächern zu installieren, aus der mit einem kräftigen Strahl eine Substanz ausgestoßen wurde, die zehn bis fünfzig Meter höher als Nebelstreifen sichtbar wurde und bei entsprechender Bewegung als Schrift erschien. Auf der technischen Zeichnung war das zu sehen: Das Gerät stand auf dem Flachdach eines Hochhauses und hatte soeben das Wort ROST an den Himmel geschrieben.

Nach allen diesen Vorführungen – wir hatten nach dem Bier noch einen süßen kalifornischen Rotwein und schließlich selbstgebrauten Likör getrunken, und ich war nicht mehr urteilsfähig – mußte man Herrn Rost für einen erfolgreichen Menschen halten. Doch war es bisher nicht soweit gekommen. Trotz mehrerer Interessenten war letztendlich kein Abschluß erreicht worden. Rost sprach von allen diesen Betrügern, die versuchten, ihn um seinen Anteil zu bringen, von Billigheimern oder Dummköpfen, die den wahren Wert seiner Ideen nicht einsehen könnten. So war es dabei geblieben, daß er, Rost, noch immer als ›Öler‹ in einer Reifenfabrik in Akron, Ohio, arbeiten mußte. Da er nicht Auto fahren konnte, wurde er täglich von seiner Frau hingebracht und abgeholt.

Es war spät geworden. Frau Rost mahnte in immer kürzeren Abständen: »Hermann, du mußt zu Bett«, aber er hatte immer noch etwas zu zeigen. Ich kannte am Ende seine gesamte Korrespondenz. Endlich konnte ich eine Gesprächspause zum Abschied benutzen. Frau Rost brachte mich an die Haustür. Ich schwankte und redete undeutlich, sie drückte heftig eine Brust an meinen Oberarm und sagte, sie sei tagsüber allein. Als ich sie am übernächsten Tag frühnachmittags besuchte, sagte sie, sie sei dreißig Jahre jünger als er. Sie war unersättlich.

IV

Mitte Juli '72, kurz vor den Ferien, war ich in Columbus angekommen. Wade und Galbraith wollten erst später Urlaub machen. So arbeiteten wir uns durch den August, in der Stille des Gebäudes, in der prallen, feucht-matten Hitze, in der menschenleeren Zeit. Im September entstand in Washington ein Summen und Wispern bei der Verhandlung gegen die Watergate-Einbrecher. Im Oktober endete meine Arbeitsperiode in Columbus.

Oktober ist ›Homecoming‹-Zeit, es beginnt das neue Semester und ein Gewoge naiver Euphorie; Gewoge der jungen Muskelmänner mit Borstenköpfen oder Geckenfrisur, die einander mit aller Kraft auf die Schulter hauen, bäurisch mit dem Knie zwischen die Beine, und laut, mit obszönen Ferienprahlereien: »Hi, you big fat cock!« – »Howdy, you fucking horse-ass!« Gewoge der Girls mit den großen Pappschachteln voll Nylonunterwäsche und Abendkleidern auf den Autorücksitzen, kichernd, mit den hohen Schlagsahnestimmen und mit schmelzenden Lippen und Augen, wenn sie an den ›Homecoming Dance‹ denken.

Der ist am Samstagabend. Die Stoffbahn mit mannshohen Lettern geht über die ganze Breite des Union-Clubs an der Highstreet, und an den Glastüren schaukeln Pappschilder, auf denen Elmer, die Comic-Figur der ›Ohio Lantern‹, eine herzförmige Sprechblase aus seinem ›o‹-Mündchen entläßt:

»Hey, who's going to the *Homecoming*, ends up with romance!«

Und dann kommen in der Dunkelheit die Ströme der Erwartungsvollen, die offenen Wagen, die von Gelächter überquellen, dort auch verheißungsvolle Gliederverschlingungen, und gehende Pärchen, mit Business-Mienen, und bramarbasierende Pulks. Aus den Schlitzen der Mädchen drängen sich die hellen Reifröcke wie mühsam gebändigte Ballons.

»Das weiß jedes Mädchen: es ist der Gipfel des Lebens, wenn das Telefon nicht aufhört zu klingeln.«

»Every girl knows, its the prime-time of life, when the telephone keeps ringing.«

In Denver war ich zu sehr in den Krankenhausbetrieb eingespannt gewesen, um etwas von dem benachbarten Universitätsleben wahrzunehmen. In Columbus steckte ich mitten drin.

Ich hatte außer Wade und Galbraith noch drei, vier andere Studenten und Graduates und ihre Familien kennengelernt, auf jene lockere Art, die zugleich herzlich und gleichgültig ist. Da sah man sich unversehens in allerprivateste Sachen eingeweiht.

Zum anderen blieb man mit schweren persönlichen Problemen allein. Er richtete sich nach dem ungeschriebenen Katalog der Gesprächsthemen.

Ich unterhielt mich mit Wade über seine beruflichen Pläne – aber eigentlich hatte er keine. Er überließ es dem Zufall. Ob Hochschule oder Industrie, der Arbeitsplatz war ihm egal, solange er nur seine Spezialkenntnisse von der Chemie der Zucker und Aminosäuren in Geld oder Prestige ummünzen konnte.

»Reicht dir das, Spezialist auf einem so engen Gebiet?«

»What do you mean?«

»Ich meine: Was bringt's? Versteht man dann mehr?«

»What do you mean?«

Er wollte sich nicht einlassen auf Fragen nach dem Sinn seiner Arbeit, auf Wissenschaftskritik allgemein – obgleich eine solche Diskussion doch in der Öffentlichkeit breit geführt wurde.

Dann wieder meine Überraschung, wenn er, oder Galbraith, in aller Gelassenheit über den Zustand der eigenen Ehe, über heimliche Wünsche, über Schwächen und Obsessionen redeten.

»Sex? Frauen? Einmal war ich so wild darauf, und seit ich's habe, läßt es mich kalt.«

»Vor der Hochzeit liebte er Vögel, nach der Hochzeit die Chemie.«

»Ich sag's offen, ich bin faul. Ich bin stinkend faul. Wissenschaft hin oder her. Am liebsten kopier ich was von wem, wenn's keiner merkt, als daß ich mein Hirn anstrenge.« – Es bestand eine Neigung, sich selbst herabzusetzen.

Es bestand eine Ambivalenz, eine unvereinbare Gleichzeitigkeit von Gegensätzen im Inneren wie im Äußeren.

Es bestand eine Flachheit der Argumente, eine feine Umgangssprache, subtiler Witz; etwas Stoisches, wie morbide Adelige es haben.

Es schien mir oft, ich sei einer Parallele auf der Spur. Labors, Gehirne, Landschaft, Leben und Empfindung.

Da gab es die tiefe Versenkung in materielle Feinstruktur, asketische Beharrlichkeit: ein fast genießender Hang zur Eleganz bei Problemlösungen. Darauf: die Selbstzufriedenheit, dickleibiger Fatalismus: »Woher soll ich das wissen? – How should I know? – Trage ich Verantwortung für die kommende Generation? – Natürlich wird es einen Atomkrieg geben; was möglich ist, wird immer ausgeführt. Natürlich werden wir die Erde zugrunde richten.«

Ferner: Die reinlichen Suburbs, die glänzenden Fleetwoods, die Wegwerfkleider, Kunststoffmöbel ohne einen Hauch von Schmutz und Abnutzung, pastellfarben und schlank neben Müllhaldenalpträumen, diese Ignoranz, dieses Augenverschließen, das malerische Scioto-Flußufer schuttübersät, übergroße Bulldozer, die die Landschaft aufrissen wie Krokodile die Flanken ihrer Opfer. Ferner: Einblicke, nachts, von der Straße; eine halbleere Baracke ›Rent-a-TV‹ ist 24 Stunden lang offen, beliebig stehn Kästen herum, schlechte Farben fluckern; davor, auf verschlissenem Sessel, fetter Mann mit nackter Brust, Bierflasche in der Hand, links von ihm volle, rechts von ihm leere. Die verlumpten Behausungen, neonbeleuchtetes Stöhnen, Lieben und Sterben, Kreischen aus Fenstern, und neben der Haustür, innen, steht immer die Flinte.

Parallelen und Unvereinbares. In jenem dampfenden August, als der Campus noch ausgestorben war, wanderte ich viele Abende durch die Highstreet. Über jeder Ladentür war ein Klimakasten, aus dem ein Kondenswasser-Rinnsal kam. Vor dem ›Dairy-Queen‹-Eiskiosk quollen die Drahtpapierkörbe über von weichen Packungen und bunten Eistöpfen, und ein struppiger Köter wühlte mit der Schnauze darin; hinter dem geschlossenen Verkaufsfenster ein Angestellter mit ›Dairy-Queen‹-Käppi, unbeweglich, wie eine Reklamepuppe. Auf den Treppenstufen von Larry's Studentenkneipe predigte Larry unter seiner Drahtbrille sein Evangelium des ›Adam-Forepaughism‹: »Wahrlich, ich sage euch, sagt Adam Forepaugh, so ihr nicht meinem Gebote folget und eurer Konkubine jeden Abend ein Viertel Bier in den

Bauchnabel gießet, so werde ich in den Himalaja gehen und zur Steinflechte werden.« Niemand hörte das Gebot. »Free yourself!« hatte jemand mit gelber Farbe auf die Bretter gesprüht, mit denen man das alte ›Graceland‹-Kino vernagelt hatte. »Free yourself.« Zahllose Blätter einer einzigen Zeitung wehten über den Fußsteig und die Straße. Eine Schlagzeile hieß: *Nixon Reelection-Committee Involved In Watergate Break-In.*

Die Techno-Welt, dachte ich. Fast alles hat mit der Techno-Welt zu tun. Zweitakt, Haßliebe, die Welt als binärer Code. Das größte Glück hatten wir schon. War es das? Auf dem Fußsteig lag schon seit zwei Tagen eine tote Krähe – immer ein bißchen weniger davon. Erst fehlte ihr ein Bein. Dann fehlten die Schwanzfedern. An diesem Tag war der Kopf ab. Ich kickte sie mit dem Fuß ein paar Meter weiter.

Keith und Zoe hatten natürlich eine Antwort: »Kriech zurück zu Mutter Natur.« – »Laß fahren, deine schöne neue Welt.« Und sie hatten für ihre Haltung viele sehr hübsche Blumen- und Friedensbeispiele, und waren selbst in ihrer unbeirrbaren Freundlichkeit, Rosigkeit, Einfachheit kaum widerlegbare Leitbilder eines anderen Lebens.

Ich versuche es dennoch. »Stimmt alles«, sage ich, »aber wie kann ich die Geschichte vergessen! Die ganze Geschichte der Aufklärung – alles ein Irrweg? Newton und die große Weltmechanik, die auf einmal die krause Kabbala in Sinn verwandelte! Lavoisiers Kerzenversuch, die unsichtbaren Produkte der Verbrennung, unter denen die Waage sich senkte, wurde da nicht das Unsichtbare sichtbar gemacht? Maxwells Wellenlehre, Bohrs Atommodell: wurde da nicht das Abstrakte anschaulich?«

»Aber doch nicht um diesen Preis!« riefen sie unisono.

»Bedenkt die Mühe, das Hacken, Ernten, Lastentragen, an Orte gefesselt sein!«

»Aber schau an, was draus wird, Mann!« riefen sie unisono. »Automaten – Menschenautomaten, die nur sitzen, Hebel bedienen, Knöpfe drücken, mürrisch aus Drogen ein wenig Vergessen saugen, damit sie den Tag überstehen; denn sie machen Dinge, die nur gebraucht werden, um sie sofort wegzuschmeißen.«

»Bedenkt das Elend der unablässig Kinder kriegenden Frauen.«

»Schau dir alle die aussterbenden Tiere an.«

»Bedenkt das Amputationsgebrüll, das nur durch lautes Schellen und Trompeten übertönt werden konnte!«

»Betrachte die sterbenden Flüsse, Meere, die mit sinnlosem Spielzeug überhäufte Welt, den Kreislauf der Langeweile . . .«

»Denkt an den Hunger, denkt an die Kälte, an die Dunkelheit, an den überwundenen Aberglauben!«

Trotz aller Differenzen war ich immer gern mit Keith und Zoe zusammen, und ich folgte auch ihrer Einladung zu einem großen Demonstrations-Picknick am Cuyahoga-River, nahe bei Cleveland, an einem Sonntag im September. Es handelte sich um eine Umweltaktion der *Ecohio*. Was genau dort geplant war, wollten sie mir nicht sagen, aber nach den emsigen Vorbereitungen der beiden und den Andeutungen, dem Ein- und Ausgehen vieler ihrer Freunde mußte es etwas Spektakuläres sein.

Sie nahmen mich in ihrem großen grünen Rambler-Stationwaggon mit, mit der Aufschrift ›Keith's Nature Food‹. (Wie steht's mit dem Frauenrecht, wollte ich mal fragen.) Außerdem fuhr Gus Meckler mit, ein vielleicht Fünfzigjähriger, mit fliegendem weißem Haar und einem langen, knittrigen, weißen Leinenhemd als seinem einzigen Kleidungsstück; er hatte es selbst gewebt. Im Auto lagen Säcke mit Lebensmitteln, meist aus Keiths und Zoes Laden, ein zusammengerolltes Transparent und eine Video-Ausrüstung.

Wir fuhren morgens gegen zehn Uhr los, erst an einen Picknickplatz nördlich der Stadt, der als Treffpunkt vereinbart war. Waldlichtung, mit rohen Bänken, Tischen, Feuerstellen. Von dort rollte mittags eine Karawane von fast fünfzig Fahrzeugen auf der Straße nach Cleveland, zerbeulte Autoveteranen meist, bunt bemalt, auch zwei Lastwagen, einige der großen Lieferwagen oder ›Vans‹, und alle gut gefüllt – insgesamt sicher mehr als dreihundert Menschen. Manche Wagen trugen Aufschriften oder Plakate oder beschriftete Stoffbahnen. »Love your nature as you love yourself«, »Der Mond besteht ganz aus Kunstdünger«, »In der Atomwelt werden die Lebenden die Toten beneiden«.

Andere Leute saßen um diese Zeit beim Mittagessen, kaum ein Auto begegnete uns. Aber ein Hubschrauber erschien, drehte ein paar Kreise über uns und knatterte fort.

»Nachher wird mehr Gesellschaft kommen«, sagte Keith.

»Macht nichts«, sagte Gus. »Den Bullen tut's auch gut, das zu sehen.« Zu mir sagten sie: »Wait and see.«

Zwei Autos vor uns, auf der Ladefläche des einen Lastwagens, saßen zehn oder zwölf und sangen: »We shall overcome.« Der Wagen schaukelte im Rhythmus des Liedes.

Die Hügellandschaft um uns war grün – geradezu *giftgrün*; Wiesen und Maisfelder. Hin und wieder, halb versteckt hinter Kuppen und Bäumen, eine Farm, von der ein dünner Rauch aufstieg, oder auch nur der Rauch.

Die Straße verbreiterte sich zu einer Piste, und abrupt änderte sich das Bild. Wir durchquerten die schmutzüberzogene Reifenstadt Acron. Schornsteine,

Sägezahnhallen, Werksiedlungen. Fast nur aus Stangen und Draht bestehende Reklamen und Firmennamen, für die Nacht bestimmt. Dann mußte es märchenhaft aussehen. ›Goodyear‹ etc. Alles menschenleer. Nur ein paar Schwarze hockten auf Stufen, unbeweglich, wie Säcke.

Aber sofort wieder Farmland. Meilen, Meilen schwere satte Fruchtbarkeit. Was wollte man mehr?

Zwanzig Meilen vor Cleveland trat eine nachhaltige Änderung ein. Das Land wurde struppig, krautig, Haufen von Undefinierbarem, vergessene Maschinen, vergessene Materiallager, schiefe Baracken, Betonhallen mit zerbrochenen Fenstern; viel Rostiges, Filziges, auch Plastik in grellen Farben. Rechts von der Straße erhoben sich steilbrüstige Hügel, Schlackenhalden, schütter bewachsen. Links schien es sich abzusenken. Wir durchfuhren Wellen von Gestank.

Die Karawane bog von der Hauptstraße auf einen Seitenweg; vielleicht früher einmal gepflastert oder asphaltiert – jetzt nur noch Schotter und Schlaglöcher. Die Karawane schaukelte wie ein Zug hinkender Männer. Am Wegrand graues oder rostrotes Schilf, an dem sich fliegende Stoff-Fetzen, Asbest oder Holzwolle verfangen hatten. Der Weg ging durch mehrere riesige Abfallplätze, es waren Senken zwischen zwei Müll-Lawinen; vorsichtig humpelten die Wagen über Schichten von zusammenknickendem Blech oder Plastik, durch stinkende Tümpel. Schließlich verbreitete sich der Weg zu einer grauschwarzen Ebene ohne jede Vegetation; sie glitzerte etwas. An einer Biegung sah man: auf der einen Seite fiel eine Böschung in einen gewundenen Wasserlauf. Die ersten hielten an, parkten regellos. Wir waren am Ziel, *am Flußlauf des Cuyahoga.*

Überall stiegen sie aus, reckten sich nach der Enge, fast wortlos, mit bunten und sehr verschiedenartigen Kleidungsstücken, ein starker Kontrast zur Umgebung. Sie standen auf einer knirschenden Mondlandschaft. Sie stiefelten tastend herum, als könne man einbrechen, Pärchen aneinandergeschmiegt, ratlose Schritte vorwärts, seitwärts. Ein junger Mann kniete nieder, wühlte wie rasend im Boden ein Loch mit den Händen. Ein Mädchen kehrte zum Auto zurück und legte den Kopf auf den Kühler, wie zur Andacht. Keith drehte sich um und fragte halblaut: »Gefällt's dir hier?«

Ich zuckte die Achseln. Was war da zu sagen. Durch eine Dunstbank, nach Norden zu, sah man die Silhouetten von Schornsteinen und Kühltürmen; Clevelands Industrie-Skyline.

Es wurde jetzt überall ausgeladen. Zwei in leuchtenden indischen Hemden zogen von einem Lastwagen eine große Rolle und rollten sie auf; eine grüne Matte, ein künstlicher Rasen. Sie stellten ein paar Campingstühle drauf, Klapptische, und ein großer, chromblitzender Grill wurde aus einem Pappkarton geholt und entfaltet. Sie schleppten dann Kartons voller Lebensmittel und schütteten sie aus – Äpfel, Tomaten, Blumenkohl, Hähnchen, Maiskolben, Brote, Paprika – eine wahllose Mischung; mit ledernen Geräuschen aufprallend, gummihaft hüpfend, mit schlaffem Herumrollen: Plastic Food. Gleich wurde der Grill mit Holzkohle und Benzin in Gang gesetzt.

Andere hatten unterdessen an verschiedenen Stellen der Schlackenebene ihre Transparente aufgestellt. ›Schöne neue Welt!‹ – ›Come and see the land of the free!‹ – ›Diese Landschaft ist Napalm-fest!‹ Weit weg und regellos. Es flatterte da auch eine amerikanische Flagge im Wind, und daneben hockte ein junger Schwarzer mit Gitarre und einer mit einer Mundharmonika, und die Männer und Mädchen vom Lastwagen standen und sangen; eine Gospelstimme ragte heraus: ›Didn't it rain!‹ und ›Wade in the water‹. Andere standen in einer Kette an der Böschung und blickten auf das Wasser des Flusses. Keith rannte herum, stand oder kniete nieder, um die Veranstaltung aus allen Blickwinkeln mit dem Videogerät aufzunehmen. Gus Meckler war wie angewurzelt mitten auf der Fläche stehengeblieben; er sah aus wie ein Kalkfelsen; er drehte den Kopf hin und her und rief so laut er konnte: »No no no! No no no!« Von Zeit zu Zeit kam der Hubschrauber wieder und zog seine Kreise über uns. Später kam ein zweiter dazu, der sehr niedrig flog. Beide zusammen machten ein Wummern und ein Lufterschüttern, das betäubend war.

Vom ›Grillplatz‹ stieg dichter weißer Qualm auf, Fahnen von beißendem Gestank wehten über den Platz. Die beiden Männer, die dort beschäftigt waren, hatten sich Gasmasken aufgesetzt. Das Plastikgemüse und das Plastikfleisch, das sie brieten, schmolz und entzündete sich, wurde mit Zangen gepackt, als blakende Klumpen über den Platz geschleudert. Es wurde methodisch neues zugelegt. Ich schlenderte kreuz und quer, war unschlüssig und verwirrt, niemand achtete auf mich. Von Cleveland her, aus dem Dunst, näherte sich ein blaues Blitzen. Der Sinn der Veranstaltung war offenkundig. Aber wem war sie zugedacht? Wer war das Publikum? Der Hubschrauber, der nun raubvogelhaft unbeweglich über uns stand?

Ein stärkerer Brand entstand auf dem Grillplatz; beim Versuch, eine größere Masse des schwelenden, nun klebrigen Plastikteiges vom Grillgitter abzulösen, war das ganze Gestell umgefallen. Überall kleine Herde; auch das restliche ›Obst‹ und ›Gemüse‹, das noch auf dem Boden lag, begann zu qualmen und zu zischen; farbige Flämmchen schlugen aus dem Rasen. Die Köche mit den Gasmasken zogen sich zurück. Einer holte einen Feuerlöscher aus einem Auto und hielt ihn bereit, obgleich sonst weit und breit nichts Brennbares war. Zu dem singenden Grüppchen an der Fahne hatte sich noch eine Handvoll Sänger gesellt. Die übrigen Teilnehmer standen nun alle am Flußufer und blickten erwartungsvoll hinunter. Auch ich wanderte dorthin, widerstrebend, wie mir das alles widerstrebte. Zugleich bemerkte ich, in anderer Blickrichtung, daß vier oder fünf blaublitzende Polizeiwagen sich am nördlichen Ende des Schuttplatzes in Formation aufgestellt hatten, und daß eine Gruppe von Polizisten danebenstand und uns beobachtete. Sie trugen Lederhelme. Zwei von ihnen kamen ein Stück weit über den Platz und blieben hundert Meter von dem brennenden Grillplatz stehen. Blechern verzerrt, fast unverständlich, schallte eine Stimme herüber: »... Police ... Cleve ... by order of ... trespassing ... illegal ... area immediately!« Der Chor sang noch lauter. Der zweite Hubschrauber knatterte dicht darüber, so daß die losen, bunten Kleider und die amerikanische Flagge heftig flatterten. Ich erreichte den Rand der Böschung und sah die schwarze Flüssigkeit des Flusses, fast unbewegt, mit treibenden Kisten, Brocken, Fässern. Das Wasser selbst schien klumpig oder breiig. Zwei, drei der am Rand Stehenden hatten brennende Fakkeln in der Hand. Ich sah Keith an dem bröckelnden Schräghang knien und filmen, wobei er mehrmals abzurutschen drohte. Zoe stand oben und hielt den Arm bereit. Hinter uns stand Gus noch immer wie angewurzelt, hell und allein auf der schwärzlichen Fläche, über die jetzt eilig ein großer Wolkenschatten glitt, mit sekundenlanger Finsternis.

Die Polizisten waren zu einer Kette ausgeschwärmt und näherten sich rasch. Hinter ihnen blitzten die Autos; alles wie ein Weltraumfilm. Aus dem Megaphon kam noch einmal eine ähnlich klingende, weiterhin unverständliche Verlautbarung. Ich hörte neben mir einen kleinen, chinesisch aussehenden Mann zu seiner rothaarigen Freundin sagen, sie solle zum Auto gehen und es anlassen. Ich sah noch andere, die sich, mit erzwungener Ruhe, mit Seitenblicken auf die Polizei, zu ihren Autos zurückzogen.

Plötzlich flogen die Fackeln durch die Luft. Als sie die Oberfläche des Flusses berührten, fuhr eine heiße Welle an unseren Gesichtern vorbei; es gab eine kaum hörbare, aber fühlbar starke Lufterschütterung, dann brannte der Fluß. *Der Fluß brannte!* Er war so mit Abfällen vermischt und beladen, daß er brennbar wurde! *Der Fluß brannte!*

Ich sah, wie Keith fast abgestürzt wäre, und Zoe schrie auf und wollte ihm nach, und auch andere schrien und streckten, kniend, die Arme hinunter, und Zoe warf ihm wie ein Lasso ihren schillernden, hellblauen Schal zu, den er mit seiner freien Hand ergriff. Wir zogen ihn gemeinsam hoch. Währenddessen tönte zum dritten Mal das Megaphon, und den Kopf wendend sah ich, daß die Polizeikette sich an einer Stelle dem Flußrand auf fünfzig Meter genähert hatte. Die Sänger rannten in einem stolpernden, flatternden Haufen auf die Autos zu. Die Polizisten hatten kurze Gewehre, die schräg nach oben gerichtet waren. Als sich die Flammen aus dem Flußbett erhoben, erstarrten sie und wichen ein wenig zurück. Von hinten her packte mich Zoe am Ärmel und zog mich laufend hinter sich her. »Schnell! Schnell!« Hinter uns rannte Keith mit den schweren Videosachen, die schlenkernd gegen ihn schlugen, und rief: »Gus! Gus!« Ringsum rannten jetzt viele, bizarr in den hinderlichen Kleidern, die bunte Panik, wie sie stolperten und manchmal stürzten, und weiter hinten über der Böschung einzelne lange, gelbe Flammenzungen, sonderbar ohnmächtig und stark rußend. – Ein heller Knall; beim Herumfahren, atemstockend, ein kleines Wölkchen über einem Polizistenkopf. Die Flüchtenden schrien und rannten noch schneller. Einer stoppte und brüllte: »You bastards!« Dann noch ein Schuß.

Die ersten hatten die Autos erreicht, und es wurde wahllos hineingeklettert und quietschend abgefahren. Der Hubschrauber knatterte gewalttätig über uns hinweg, zickzackte tief, er schien auf Personen und Autos Jagd zu machen. Zoe war im Rambler und startete ihn, ich kletterte nach hinten und sah mich um. Die Polizisten waren jetzt schnell und wütend vorwärtsgelaufen und versuchten, einigen den Weg abzuschneiden. Ich sah, wie einer Gus Meckler erreichte, der noch immer unbeweglich gestanden hatte, und sah ihn steif und puppenhaft umfallen. Keuchend stand Keith an der Wagentür und stöhnte: »Oh, this stubborn ass! Dieser sture Bock!« Dann sprang er ins Auto, das schon rollte; wir nahmen im Fahren noch zwei Hand in Hand laufende Mädchen auf und kurvten schwer schaukelnd zur Straße hin. Die Fläche, das sah ich jetzt erst, bei anderem Lichteinfall, war voller blitzender Spitzen und Splitter. Ich dachte: ›Haltet, Reifen, haltet!‹

Kurz darauf machte die Straße einen langen Bogen; zurückblickend sah ich sekundenlang mehrere Wagen gefährlich hin- und herschießen, Polizisten mit geschwungenen Gewehren auf Menschen losgehen, die hingefallen waren. Andere Polizisten rissen in einem Paroxysmus der Wut die Schilder und Transparente um, auch die amerikanische Flagge, und zerrten die glimmenden Reste des Grillplatzes hin und her. Über ihnen und über dem unsichtbaren Fluß hing jetzt eine dichte, schwarze Wolke. Die Szene war spielzeughaft in dieser Sekunde. Dann schob sich etwas davor.

Zoe fuhr sehr schnell und mit eiserner Ruhe.

»Hast du die Kamera, Keith? Und das Material?«

»Ja, alles.«

Der Picknickplatz nördlich von Columbus war wieder Treffpunkt. Es fehlten zweiundzwanzig. Vier fuhren gleich fort, um einen Anwalt zu holen, sich um die Verlorengegangenen zu kümmern. Viele machten sich Vorwürfe. Diskussionen über Widerstand und friedliche Mittel. Diese Bullen, erregt, zu allem fähig. Doch was ihr auch sagt, nachträglich, rechtfertigend, es war nichts wie Angst.

Ursprünglich war es der Plan, daß sie am Ende hier ein *richtiges* Picknick abhalten wollten, aber es wurde nur wenig gegessen. Andere Gruppen von Ausflüglern, Hamburgers bratend und Volleyball spielend, hielten Distanz.

Die Aktion der *Ecohio* endete mit einer depressiven Note. Die Zeitungen berichteten darüber witzelnd; in den Hubschraubern müssen auch Journalisten gewesen sein.

Zur Zeit des ›Homecoming‹ und mit dem Semester begann auch die Footballsaison. Ich hatte mich für diese Veranstaltungen bisher nicht interessiert. In Denver hatte ich mich Gesprächen und Einladungen, die mit Sport zusammenhingen, leicht entziehen können. In Columbus schien das ausgeschlossen.

»Was sagst du da? Nicht interessiert? Hast du schon mal ein Spiel gesehen?«

»Nee. Kann's mir vorstellen.«

»Kannst du nicht! Man muß das erlebt haben. Es ist was Besonderes. Schon die *Erregung* dabei. *The sheer excitement of it!*«

Alle bedrängten mich, Mellow, Wade, sogar Keith Rothko. Am schlimmsten war Galbraith.

»Du *mußt* mitkommen! We'll grab you by the collar!« Da half nichts, weder Unlust, noch Ausreden, Hinweis auf Meinungs- und Religionsfreiheit. Es kam ein Samstag, da mußte ich mit. ›Wir‹ spielten gegen die Universität von Purdue, Illinois. Es spielten die ›Buckeyes‹ gegen die ›Boiler Makers‹. Wer nicht dabei war, schwamm gegen den Strom. Die Stadt war gelähmt, ab Mittag floß der Verkehr nur noch in einer Richtung. Die meisten Geschäfte schlossen um zwölf. Sofern Tankstellen noch offen hatten, war es kaum möglich, den Mann vom Fernseher wegzulotsen. Schon zwei Stunden vor Spielbeginn tönten aus allen Fenstern, aus allen Autos, durch alle Wände die munteren oder martialischen Reporterstimmen; Interviews mit den Spielern, mit den Trainern, mit prominenten und weniger prominenten Zuschauern, mit dem Senator Young von Ohio, der sogleich eine Lanze für seine Partei einlegte.

»I'm convinced, that our sturdy republican spirit will prevail.«

Ich wurde schon um halb zwei von Galbraith abgeholt, obgleich das Spiel erst um drei begann. Der Parkplatz, die ganze Fläche zwischen Campus und Flußufer, lag hinter dem Stadium, auf der anderen Seite. Wir brauchten 30 Minuten Fahrzeit. Das Stadion war ein Koloß, es hatte was von dem Oberkörper, den kinnhohen Schultern der muskelbepackten Footballhelden, die in ihm spielten, besser: arbeiteten. Es hatte Pyramidenausmaße. Der Raum zwischen zwei der schrägen Stützpfeiler war allein ausreichend, um während der Ferien ein Sommertheater mit mehreren hundert Sitzplätzen aufzunehmen. Und es gab zwanzig solche Pfeiler.

Vom Parkplatz aus führte eine breite, stäubende Piste auf das Stadion zu, worüber sich über Stunden der Strom der Enthusiasten wälzte. Im Zickzack schossen die kleinen, grünweiß gekleideten Negerjungen mit grünen Schirmmützen zwischen den Gehenden hin und her und schwenkten Programme über den Köpfen.

»Football lineup! Football lineup!«

Galbraith hatte andere Footballfreunde auf dem Weg getroffen. Wir bewegten uns als immer größere Rotte lärmender und begeisterter Männer und etwas stillerer Frauen, mit Taschen voll Bier, Sandwiches, Fähnchen, Trompeten, Decken und Kissen in den großen Schatten des Stadions; durch ein Labyrinth von Gängen, Durchgängen, Tunnels, wir bewegten uns in rohem, stinkendem Beton, immer höher hinauf; plötzlich war man im Freien, am Steilhang der Sitze, vor uns das Riesenhufeisen wie ein ablegender Überseedampfer mit bunten Figuren überfüllt, dem winzigen Getümmel, wedelnd, schreiend ... Und unten der ausladeud grüne Rasen.

Immer mehr Publikum, ein immer heftigeres Kochen der Stimmung, eine Stunde – nein viele, wie mir schien; öfters hallende Durchsagen; endlich begann das Spiel.

Verglichen mit den schreienden und vibrierenden Muskelmassen im Zuschauerrund wirkten die Vorgänge auf dem Spielfeld wie gezähmt. Genaugenommen geschah meist überhaupt nichts. Wenn etwas geschah, dann überraschend, durch einen Einzelnen, der sich aus einem Spielergedränge rauslöste, blitzschnell, mit dem Ball, den er mit dem Ellenbogen an die Seite gepreßt hielt, sich eine kurze Strecke bewegte, um von einer Meute von Verfolgern mit allen Mitteln aufgehalten und schnell wieder zu Fall gebracht zu werden; dabei entstand um ihn ein Knäuel ineinander Verbissener und darin, trotz äußerer Unbewegtheit, auch aus der Entfernung, ein sich abzeichnendes brutales Raufen, Würgen und Schlagen.

Ich kannte doch die Regeln nicht. Und obgleich Galbraith und, nachdem sie mich als Greenhorn ausgemacht hatten, ringsum viele Zuschauer mir konzentrisch immer wieder die Regeln zu erklären versuchten, begriff ich nur eine einzige Regel: daß der Spieler auf jede Weise den Ball über eine möglichst große Strecke ins Land der Gegner befördern mußte. War er gestoppt worden und die Phase der im bewegungslosen Ringkampf festgefressenen Spieler erreicht, so wurde das Spiel vom Schiedsrichter angehalten; die Spieler hatten sich in einem etwas geordneteren Knäuel, in gebückter Stellung, wie nach etwas Verlorenem suchend, aufzustellen und verharrten solange, oft minutenlang, bis ein Pfiff ertönte und der Ball durch die Luft segelte, eiernd, da er nicht rund war, im Flug dann von einem Spieler eingefangen und unter den Arm geklemmt wurde, bis sich das Vorige wiederholte.

Alle Spielphasen wurden von anfeuernden Rufen aus dem Publikum begleitet. »Go go go!« oder »Go go go go!« oder »Hit them again – harder, harder!« oder »O – aitsch – ai – o: O-h-i-o!« oder »Hold that line! Hold that line!«

Es war wohl ein Glück, daß sie alle um mich wie von Sinnen und in Trance waren, mich nicht sehr beachteten und meine geringe Anteilnahme nicht bemerkten; hätten sie sie bemerkt, so hätte es schlimm ausgehen können.

Etwas Unterhaltung bekam ich nur in der Pause, als die O.S.U. marching band – fünfzig rot und grau uniformierte Mädchen, geführt von einer virtuosen, langbeinigen Tambourkünstlerin, mit viel Blechmusik kreuz und quer durch das Spielfeld exerzierten. Sie ordneten sich dabei zu lebenden Bildern an, stellten zum Beispiel die amerikanische Flagge, die Flagge von Ohio, einen großen Fußball, ein Auto (Cadillac), das Profil von Bob Hope und den Pyjama von Doris Day dar; Bob Hope und Doris Day sind in Ohio geboren.

Es kann sein, daß ich in der zweiten Spielhälfte nicht immer hellwach war. Wie das Spiel ausging, las ich genau erst am folgenden Tag in der ›Ohio Lantern‹. Es war verlorengegangen.

Der Verlust des Spiels hatte die ganze Woche über Nachwirkungen. Die ›Lantern‹ und W.O.S.U., die Radiostation der Universität, beschäftigten sich ausführlich damit; die Leistungen jedes einzelnen Spielers wurden durchleuchtet, Vorschläge zum Ersatz des einen oder anderen gemacht, vor allem aber wurde mit Woody Hayes, dem Trainer der ›Buckeye‹-Mannschaft, abgerechnet, obgleich Woody viele Jahre lang der populärste Mann der Stadt, vielleicht des Staates gewesen war. Am zweiten Tag nach dem Spiel erreichte die öffentliche Wut einen Höhepunkt. Auf dem großen Oval versammelten sich etwa tausend Studenten mit Schildern und Spruchbändern, auf denen Woodys Ablösung gefordert wurde; ehemalige Spieler und alte Herren, die zu den Förderern und Finanziers der Mannschaft gehörten, hielten scharfe Ansprachen durchs Megaphon, und am Schluß wurde unter Johlen und Pfeifen eine Strohpuppe an eine Laterne gehängt und angezündet. An der Strohpuppe hing ein Schild: Woody Hayes.

Selbst habe ich es nicht gesehen; als ich an diesem Nachmittag über das Oval ging, sah ich gerade noch, wie die Versammlung sich – auf eine böse, kreischende Weise – auflöste; es waren hitzige Wortwechsel über die Art der Strafe: »Kick him out at once« – »Beat him up something fierce!« Am Wegrand waren kokelnde Reste. Galbraith sagte mir tags darauf, was passiert war.

»Sie haben Woody Hayes *in effigie* verbrannt.«

In effigie, stellvertretend – hätten sie ihn selbst gehabt, was dann?

Ich sagte, daß ich das grausig fände; er war verdutzt. Das sei nur symbolisch. Man müsse das verstehen; die Leute seien ›red hot‹ vor Zorn. Es sei ja nichts geschehen.

Ich hatte aber dieses Summen, dieses Massengebrüll im Ohr. Das Kochen des Kessels im Stadion. Ich war sicher, daß sehr viel mehr hätte passieren können.

In der Zeit meiner letzten Wochen in Columbus begann sich auch der Skandal in Washington immer weiter aufzuheizen. Im Verlauf der Verhandlungen gegen die vier Watergate-Einbrecher hatte sich ergeben, daß sie aus einem Geheimfonds des Justizministers bezahlt worden waren. Der Justizminister war John Mitchell, derselbe, der zuvor Wahlkampfmanager für die Wiederwahl von Richard Nixon gewesen war. Mitchell sagte, er habe von diesem Fonds nichts gewußt.

Wenige Tage danach enthüllte die ›Washington Post‹ die Existenz der Arbeitsgruppe ›Dirty Tricks‹. Sie war in Mitchells Wahlhilfeorganisation dafür zuständig, Nixons Wahlgegner anzuschwärzen und moralisch zu erledigen. Ein Mann namens Segretti war z. B. damit beschäftigt, den Senator Muskie von Massachusetts, der eine Zeitlang gute Aussichten auf die demokratische Kandidatur hatte, dadurch zu kompromittieren, daß er Fotos und homosexuelle Liebesbriefe an Muskie fabrizierte. Diese Enthüllungen verursachten in Washington eine starke Erregung. In Columbus nahm man das weniger wichtig. Die üblichen Schweinereien der Politik. Es entstand nur eine Kräuselung an der Oberfläche.

V

Zwei Wochen war ich in San Diego, da fiel mir der Name von Esther Leahy ein, der aparten Passagierin von der ›Stavanger‹, die hier leben sollte. Sie stand auch wirklich im Telefonbuch, ich rief an, und war gleich ganz in ihren Party-Zirkel einbezogen; hätte meine Tage damit füllen können. Cocktailtanzereien, Grillabende, Swimmingpoolfêten. Mrs. Leahy war Plaisiermeisterin; die Kinder waren im Internat und störten nicht weiter.

Das zweite Zentrum dieser Gesellschaft war Stanford McGuire, Esther Leahys zehn Jahre jüngerer Liebhaber, der mit Operationen Schlagzeilen machte. Nierentransplants, künstliche heartvalves, Arterienaustausch, Experimente mit künstlichen Bauchspeicheldrüsen und Gallenblasen; ein Fleischverschmelzer, Organziselierer, Weichuhrmacher, ein Laser- und Fadenmonteur unter der aufgeklappten Motorhaut. War schon sehenswert, das Paar Leahy-McGuire. *Sie:* Die kultivierte Dame mit Geschmack von zwei Küsten, Wärme und Urbanität jüdischer Großbürger. – *Er:* Das bleibend gebräunte Tennisgesicht, zu entwaffnendem Lachen weit geöffneter Mund, muskulöser Schlenkergang, Zynismus und Selbstvertrauen. Drum herum die Clique der Bewunderer. Der Psychiater Don Crum mit oft erneuertem Staunen vor Mrs. Leahys Festarrangements: »Whatever you do, Esther: It's got style.« McGuires Assistentin Chiquita Lopez mit schwarzem Haarwald und schwerem Akzent, die von Stanford sagte, er habe »platinum balls«. Und der übrige Klüngel medizinisch-technoider Freunde und Freundinnen, die nacheinander Hermann Kahn, E. L. Doctorow, das Ehepaar Masters, Marshall McLuhan, Henry Kissinger und Bella Abzug wie enge Freunde beim Namen nannten, über Sauna-Anekdoten vom schwulen Bürgermeister von San Francisco grinsten, über Mao Tse-tung, die schwarzen Löcher im Universum und über das utopische Projekt einer kathodisch aufgeladenen künstlichen Insel diskutierten, die dadurch Korallen und andere Lebewesen an sich ziehen und Energie und Nahrung für ihre hundert Bewohner aus dem Meer und der Luft gewinnen sollte. Porfirio Lopez, Chiquitas Bruder, ein Ingenieur, war der Erfinder dieses Projektes. Esther Leahy finanzierte es. Ein lockeres Paradies das ganze. Da lümmelten sich auch ein paar smarte Marineoffiziere von der großen Marinebasis San Diego herum und redeten viel von Spontanfick und preemptive missile-strike; aber offenbar *redeten* sie nur darüber.

Ich erwähne diese Bekanntschaften der Vollständigkeit halber, als ein Schlaglicht auf den geographischen Ort. Für den Fortgang in meinem Projekt hatten sie keine Bedeutung; ich meine: wissenschaftlich. In dieser Hinsicht war Dr. Sheila Backhus meine Bezugsperson in San Diego, gut vierzig Jahre alt, Physikerin und Biologin, Kohleaugen und Gurkennase, mit Spezialkenntnissen in Rheologie, der Lehre von den Fließeigenschaften. Kenneth Mellow hatte mich an sie verwiesen, angesichts seines Rassismus eine seiner vielen Unverständlichkeiten; es wurde aber nicht meine nächste Station; die nächste Station war Berkeley.

So ging mein Weg durch Kalifornien; ich habe mich von Herbst '72 bis Frühjahr '73 von Norden nach Süden durchgearbeitet; die Reihenfolge war Zufall. Berkeley zuerst, wegen des gut organisierten Datensystems und besonderer Suchprogramme; damit war's möglich, die gesamte Literatur, fein aufgegliedert, mit einer komplexen Grammatik nach vielstufigen Stichwortkombinationen abzufragen; ich hatte mir Hoffnungen gemacht, ich könnte auf die Art, und sei es in abgelegenen Publikationen, bislang unbekannte Mucus-Eigenschaften aufdecken. Entdeckungen sind Spontanbrücken zwischen Weitentferntem. Es ging aber anders aus; es ging so aus, daß ich entweder eine Menge zutreffender, aber trivialer Referenzen bekam, oder gar nichts. Schlechte Fragen, dünne Antworten. Die Vorgaben waren vage. Ich wußte eigentlich nicht, was ich wollte; das sollte ich erst erfahren. Die unpräzise Fragerei erregte den Unwillen der Dokumentaristin Miss Geismar und ihrer Gehilfen. Rechenzeit ist teuer. Drei Wochen ließ man mich spielen, dann schickten sie mich weiter, nach Santa Barbara, zu Corvin Starr. Bei ihm handelte es sich um die *Markierung* von Mucus-Bestandteilen – ein Ansatz, der weit führen sollte.

Die *Markierung* geschah mit Kohlenstoff-14 und mit Tritium, dem radioaktiven Isotop des Wasserstoffs; wie hätten Keith und Zoe die Nasen gerümpft; markiert wurden zwei Aminosäuren, von denen bekannt war, daß sie reichlich im Mucus vorkamen, und deren Kombinationsprodukte. Die Idee war, auf die Art die Wege der Bestandteile des Mucus im Organismus zu verfolgen und daraus Rückschlüsse auf ihre Funktion zu ziehen.

Ich hatte einen guten Stand in Santa Barbara, weil ich aus Columbus elegante Syntheseverfahren mitgebracht hatte, die Starrs Leuten die Arbeit leicht machten. Weil ich selbst nicht viel von Chemie verstand, verstand ich auch die Vorzüge dieser Verfahren nicht; das schadete mir nicht im geringsten. Das ist amerikanisch, das gehört zum Kokettieren mit der Minderwertigkeit. Sie sagen: »Maybe I'm stupid, but...«, sie sagen »Ich bin vielleicht dunstig im Hirn, aber...« Man kann, als Fachmann, auf eine Fachfrage ohne weiteres sagen: »Sorry, keine Ahnung«, »mir zu kompliziert, versteh davon so viel wie'n Fisch vom Flöten« – und erntet damit immer noch mehr Anerkennung in der Gemeinde. Eitle Alleswisser mag keiner. Ich habe gehört, wie Koryphäen sich auf Fachkongressen brüsten: »Ich weiß nichts über Steroide, aber das bißchen, *was* ich weiß, sagt mir ...« – so ein Steroidfachmann; oder: »Es war simpel, wär's nicht so simpel gewesen, dann hätt ich's nicht gemacht.«

Die radioaktiven Mucus-Komponenten wurden in Starrs Labor in sechs Wochen hergestellt. Dann suchten wir, über Jeffries, mit dem ich eine Zeitlang täglich telefonierte, nach Kliniken und Instituten, wo man mit diesen Materialien Tier- und Menschenversuche machen konnte; Keith und Zoe, hätten sie das gewußt, hätten die Nase gerümpft. Wir fanden zwei, in Austin, Texas, und in Rochester, N.Y. Beide Orte besuchte ich nach meiner Zeit in Santa Barbara, im Winter 72/73, dann wieder am Ende meiner Arbeit in San Diego, im Juni '73. Im Spätherbst '73 hielt ich mich noch einmal für kurze Zeit in Austin auf, als dort die gesammelten Ergebnisse und ihre Statistik vorlagen. Für Juli/August '73 hatte ich mir bei Jeffries freie Zeit ausgehandelt, um ohne berufliche Bindung reisen zu können. Weitere Stationen ergaben sich ad hoc.

Die Spezialisten, mit denen ich der Reihe nach zu tun hatte, behandelten mich, auch wenn wir uneins waren, mit jener unverbindlichen Freundlichkeit, die in Amerika üblich ist. In San Diego war's anders. Sheila Backhus war übellaunig, von galliger Bosheit. Sie kommandierte mich herum. Sie nannte mein Denken ›stupid‹, meine Arbeitsweise ›sloppy‹. Sie war klein und vierschrötig. Ihre Augen brannten verächtlich unter ihrem strähnigen, grauen Haar. Ich sagte ›Golda‹ zu ihr, weil sie so aussah. Sie nannte mich einen ›mother-fucking gentile‹, einen arischen Mutterficker; zunächst schockierte mich das.

Im Labor von Dr. Backhus studierte ich mit Hilfe eines schwarzen Laborgehilfen die rheologischen Eigenschaften des Mucus von drei Tierarten: von Ratten, Katzen und Hunden. Was ich erfahren wollte, war, ob es Zusammenhänge mit Druck, Temperatur und Verdünnung mit Wasser gab, die sich von den Eigenschaften eines herkömmlichen Schmiermittels unterschieden. Angestrebt war ein ›negatives Argument‹. Ich wollte ausschließen, daß es sich bei Mucus um eine rein *mechanisch* wirkende Substanz handelte, und damit begründen, daß sie auf andere Weise wirken mußte. Was konnte sich schon ergeben? Es ergab sich, daß eine der üblichen Kraftmaschinen bei einer Schmierung mit Mucus alsbald kaputt wäre durch Kolbenfraß. Um nur einen Grund zu nennen: bei Bewegung nahm die Viskosität des Mucus ab.

Sheila Backhus stemmte sich die Hände in die Hüften und lachte lauthals, als ich ihr das erzählte.

»Son-of-a-gun!« schrie sie, »unser kleiner Arier hat was Umwerfendes entdeckt! Öl! Tank dein Auto nie mit Spucke!«

Es erwies sich, daß ihre Sprüche und das Fleischhauergebaren Äußerlichkeiten waren. Sie lud mich einmal zum Abendbrot ein; es gab kalifornischen Weißwein und selbstgemachte ›gefilte fish‹. In ihren vier Wänden – man sah den Kriegshafen von dort – war sie wie ausgewechselt; sie umsorgte mich mütterlich; an ihr schlotterte eine unförmige Haushose. Sie befragte mich nach meinem bißchen Vergangenheit, Familie, nach meinen Problemen; ich hatte ja kaum welche, höchstens mit der Wissenschaft, und so ergab sich ein leichter Übergang in die Wissenschaftsdiskussion; sie war auch hier umsichtig, so daß ich selbst einen besseren Überblick über mein Problem bekam. Sie führte das Gespräch didaktisch, wobei wir vom Einfachen zum Schwierigen fortschritten.

»Sagen wir, du willst Magenwand oder Lungengefäße vor Beschädigung schützen, und es wird ein Stoff gesucht, der das bewirkt. Was wäre zunächst zu fordern?« – »Welche Arten von Beschädigung kann es geben, was müßtest du jeweils über die Schleimhäute wissen?« – »Was würde geschehen, wenn die Beschädigung schon eingetreten wäre? Wie wäre sie zu beseitigen?« – »Gibt es einen Schutz, der *zu gut* ist oder der andere Körperfunktionen behindert?«

»Sind alle geforderten Eigenschaften deines Schutzstoffes miteinander vereinbar, oder schließen sich einige aus?«

»Gibt's anderswo im Organismus oder anderswo in der Natur vergleichbare Probleme? Wie werden sie dort gelöst?«

Wir saßen uns, wie im Speisewagen, an einem niedrigen, kleinen Tisch gegenüber, in ihrem Studio mit übervollen Bücherwänden; in einigen Glasfächern waren historische Meßinstrumente – ein Steckenpferd von ihr; vieles mit Messing, juwelenhaft blitzende Rändelräder, Holzfüße schwarz. Sie rauchte pausenlos, lange Zigaretten, rauchen und denken war eines bei ihr. Paffen bedeutete: neue gedankliche Wendung; tiefe Lungenzüge bedeuteten: gleichmäßiger logischer Fluß. Sie vermied es, gegen ihre sonstige Art, meine Schwächen bloßzustellen. Dabei gab es viele Schwächen. Sie stellte Fragen, die zu beantworten mir leicht fiel, und sie machte kleine Fehler, deren Korrektur mich befriedigte. Ich merkte das erst später; ich merke fast alles erst später, das macht meine Erfahrungen so schmerzlich.

So langten wir nachts bei der Feststellung an, daß auch die Hypothese von der *Schutzschicht* nicht in Frage kam, da der Mucus diese Funktion nur schlecht erfüllte.

»Aber Golda«, rief ich, »das ist ein teleologisches Argument. Sie gehen davon aus, daß die Natur ihre

Probleme wirklich löst, daß sie alle löst, und daß sie immer die beste Lösung findet!«

Erstaunt funkelte sie mich durch die Rauchwand an: »Aber so ist es! Sie tut es – und wir sind das Werkzeug dazu.«

Es ergab sich ein weiteres, lange auf- und abwogendes Gespräch, das erst bei Morgengrauen und mit vollständiger Erschöpfung endete. Sie erwies sich als perfekter Darwinist. Sie wußte natürlich eine Menge Belege für ihren Darwinismus. Daß nun auch noch die *Wissenschaft* ihren Teil an der Entwicklung durch Auslese hatte, erschien mir als eine Spielart des Pantheismus, der zu weit ging.

Nebenbei hatte Miss Backhus fast wegwerfend bemerkt, daß ihre Eltern und beinah die ganze übrige Familie in Nazi-Vernichtungslagern umgekommen waren. Ich brachte es nicht über mich, zu fragen, ob sie auch das im Darwinismus unterbrachte. Auch lobte ich den gefilten Fisch, der mir ekelhaft war.

Obgleich der ursprüngliche Anstoß für die rheologischen Messungen bei Dr. Backhus sich bald als irrig und die ganze Richtung sich als eine Sackgasse erwiesen, führte ich mit Hilfe des schwarzen Assistenten die Arbeiten zu Ende. Vielleicht war's Vollständigkeitsdrang; oder es war ein Hang zur Paradoxie; ich nenne es einmal die ›List der Induktion‹, d. h. gerade in der Nähe von falschen Hypothesen könnten sich die originellsten Entdeckungen finden lassen.

Wissenschaftsgeschichte ist der Fortschritt von Irrtum zu Irrtum. Irrtümer werden widerlegt, bis sich die Widerlegungen selbst als Irrtümer erweisen. Logische Beweise gibt es am Punkt der größten Weltferne. Mathematik. Streng logische Beweise. Ich blieb in San Diego bis in den Juli.

Zu dieser Zeit kochte die Stadt in ihrer feuchten Hitze, und es kostete Überwindung, aus einem klimatisierten Gebäude herauszutreten. Mrs. Leahy und McGuire waren in Hawaii in der Sommerfrische. In meinem Quartier, einem billig hingehauenen lärmigen Wohnblock im Norden der Stadt, funktionierte die Klimaanlage schlecht. Ich lag im Schweiß, schlaflos, oder in Übergängen, fließend, zwischen Grübeln, Träumen und fiebrigen Gaukeleien ... Wie entstehen denn Probleme? ... ja, wie entstehen sie eigentlich? ... Was macht sie zu Problemen? ... Was bleibt von ihnen, wenn man sie löst? ... Können Maschinen Probleme lösen, die in ihnen entstehen?

Am Terminal sitzt Miss Geismar, die ein Problem für einen natürlichen Gegenstand hält. Dagegen hält sie *eine Hand* für eine *Matrix von Kräften.*

Kenneth Mellow ist Antisemit, wie er Negerfeind ist. Auf einmal streckt er einen langen, weichen Finger aus, der, wo er auftrifft, einen blauglimmenden Punkt erzeugt: »Da!« schreit er, »da! Da steckt der Nigger im Holzstoß!«

Aber Miss Backhus sagt, das sei nur eine Redensart. Sie schiebt sich ruckweise einen großen, gelatinösen Fisch in den Mund, ein zugleich lächerlicher und erregender Anblick; ich stöhne: Laureen! o Laureen!

Der weiße Himmel über Los Angeles macht aber einen kranken Eindruck, ich höre von den Lippen Standford McGuires nur immer »Sick sick sick«, in dem Rhythmus, in dem er seine Frauen in ihren stählernen Stühlen mit seinem Instrument bearbeitet. Was wollen Sie denn wissen? lacht er mit rückwärts gewandtem Kopf. Alles, was über das Problem existiert? Alles alles? – Er lacht immer schneller: Wir bauen ein Flugzeug, das nicht abstürzt, weil es nicht fliegt. Wissen, Wissen. Das Terminal ist nicht größer als eine Schreibmaschine. Wußten Sie nicht, daß Glas eine Flüssigkeit ist? Kein Wunder, wenn Augen auslaufen. Wie ging es mit Swifts Buchstabenpermutiermaschine? In ihr ist die ganze Wissenschaft enthalten, es bedarf nur eines schnellen Rechners, um alle unsere Geniestreiche herauszuholen. Nichts ist so einfach. Aber, Miss Geismar, rufe ich: Wie groß ist das typewriter-building! Wenn Ihr Terminal schon alles weiß! – Ich erwachte, ohne zu wissen, ob ich laut oder leise gerufen hatte. Ich erwachte, weil jemand an die Wand donnerte.

Auf Verständigungsschwierigkeiten zwischen der Wissenschaft und der Öffentlichkeit war ich schon öfter gestoßen; man stößt ja dauernd darauf, wenn das Wort ›wissenschaftlich‹ in der Zeitung steht. ›Wissenschaftlich‹ heißt: mach was du willst, dagegen wirst du nichts ausrichten. Es heißt: hier hilft nur glauben. Es heißt: naturwidrig. Es heißt: von kalten Seelen ausgebrütet. Mit Kenntnis oder Unkenntnis hat es nichts zu tun. Es hat zu tun mit dem Vorurteil. Es hat zu tun mit Wünschen und mit Ängsten.

Verständigung kann es kaum geben zwischen den Worteglättern und den Rauhigkeitsaposteln, zwischen dem Sprachschatz eindeutiger, aber armer Wissenschaftsworte und der schiefen, wüst strotzenden Anarchie der Willkür und der Nachlässigkeit, die den Sprachalltag beherrscht. Es ist ein Verhältnis, das nicht besteht. Öffentlichkeit: für den Wissenschaftler ist sie nicht existent. Wissenschaft: für die Öffentlichkeit eine Sammlung von Reizworten. ›Welt aus der Retorte.‹ ›Formel für das Leben.‹ ›Fluch und Segen.‹ ›Elektronengehirne.‹ ›Frankensteins Kinder.‹

›Radioaktiv‹ ist auch so ein Reizwort.

Deshalb hatte ich Grund zur Befürchtung, daß wir mit den radioaktiven Mucus-Substanzen an Tieren, vor allem aber an Menschen nicht würden experimentieren können. Um so mehr war ich erstaunt, als es damit im ›State Hospital‹ in Rochester und an der Universitätsklinik in Austin keinerlei Probleme zu geben schien. An beiden Orten lebten Studenten, die Geld brauchten. Als Versuchsperson kriegt man Geld. Dr. Dreyfus in Rochester und Dr. Thurber in

Austin fanden jeder ohne weiteres zehn freiwillige Versuchspersonen, die sich radioaktive Materie zuführen ließen und sich danach ausführlichen und oft unangenehmen Messungen unterzogen. Kein Patient wird so gründlich untersucht wie eine Versuchsperson. Man entnahm ihnen Blutproben, Gewebsproben, Knochenmarkspunktate und Samenmaterial und unterwarf sie einer Batterie von Tests, die zur dauernden Kontrolle ihrer Körperfunktionen dienten.

Die Versuche an diesen Personen dauerten vier Monate, die Auswertung der Resultate noch länger, es war daher nötig, daß ich die beiden Orte immer wieder für kürzere Zeit aufsuchte. Ich bekam einen ungenauen und vermischten Eindruck von ihnen, durchs Taxifenster zwischen Flugplatz und Krankenhaus. Das durch Rochester hindurchgehende pittoreske Genesseetal ist zu einer ungeheuren Abfallschlucht verkommen, da die ursprüngliche Mühlen- und Textilindustrie später auf die Wasserkraft des Flusses nicht mehr angewiesen war, und die Gebäude, die Lager, Maschinenhallen einfach verlassen worden waren. Nicht mehr benötigte Fabriken läßt man stehen. Magnetisch ziehen solche Orte umherspürende Abfallproduzenten an, mit Kofferräumen und Ladeflächen voll Müll, den sie außer Sichtweite ihrer Wohnung bringen wollen. Müll-Lawinen, Müll-Bergrutsche, grell, grau und rostig.

Die grell besonnten, ungeheuer großen und meist

leeren und kaum benutzten Gebäude auf dem weiten Campus von Austin wiederum verdankten ihr lebloses, klassizistisches Dasein den Gewinnen aus den Ölquellen, die die Universität besaß: die Gewinne durften, laut Satzung, für nichts anderes als für Bauten verwendet werden. Bauten, Bauten. War kein Platz mehr, riß man alte ab. Außerdem war viel Platz da.

In meinem reisenden Kopf vermischte sich das, so daß ich Träume träumte, in denen die Gebäude von Austin durch übermäßige Bewässerung in eine anorganische Art der Zersetzung übergingen, wie Zinnpest und Marmorfäule, während in Rochester die Müllfahrzeuge Berge von Dollarscheinen in ihr blühendes Flußtal schütteten, worauf dort, im Talgrund, ein Wald von Ölbohrtürmen aufwuchs, in dessen Schatten Menschen und Tiere ein arkadisches Dasein führten. Ich war wohl überfüttert.

Die Klinikresultate sammelten sich, ergaben Sinn. Es bestanden Zusammenhänge zwischen der Art der verabreichten Aminosäure, der Körperverteilung, dem Ausscheidungsmodus, der Tageszeit, dem Alter, Nahrungsform, Gewohnheiten der Versuchspersonen wie Rauchen und Alkohol. Plots, Kurvenverlauf, Anpassung, statistische Verläßlichkeit – alles befriedigend. Auf den Tischen ausgebreitete Tabellen, maschinell geschriebene Kurven, hohe, weiche, kippende Papierstöße von Daten-Ausdrucken, doppelt und dreifach, Blindwerte, Rechentests, y/x-Korrelation, Umkehrung, bei Miteinrechnung oder bei Vernachlässigung einzelner Ausreißer-Punkte, Linien aus Sternen, Linien aus Dreiecken, Linien aus Kreisen. Es war da was von Nicht-satt-rechnen-Können. Es war da was von Selbstzufriedenheit. Das Element des Zirkelschlusses. War nicht alles sehr naheliegend? Wo waren die nichttrivialen Bezüge? Die Deutung mußte aus dem Zirkel. Versuchspersonen mit bestimmten Infektionen zeigten ein anderes Verteilungsmuster. Mucus-Peptide wurden sehr langsam verdaut. Ich begann Erklärungsmodelle zu sammeln, die ich später mit Jeffries diskutieren konnte.

Corvin Starr hatte, als in Santa Barbara die radioaktiven Substanzen hergestellt worden waren, eine Reihe von Annahmen gemacht, die danach durch Tier- oder Menschenversuche entweder erhärtet oder verworfen werden konnten. Er hatte sehr viele Annahmen gemacht. Wenn man alle Lottonummern anstreicht, ist der Erfolg sicher und der Gewinn so hoch wie der Einsatz. Unter anderem hatte Starr die Annahme gemacht, daß sich Mucus-Substanzen bei Krankheit anders als gewöhnlich verteilten; dann die Annahme, daß diese Substanzen von den schleimerzeugenden Becherzellen nicht nur ausgeschieden, sondern auch wieder aufgenommen werden können. In diesen Annahmen steckten mögliche Resultate, mit denen wir beide hätten glänzen können, durch die ich mir hätte einen Ruf erwerben können, durch die sich mein Leben hätte verändern können. Obgleich diese Gedanken während meines Aufenthaltes ganz nebenbei zwischen Tür und Angel gewissermaßen *ausgeatmet* worden waren, hatte Starr keinen von ihnen vergessen. Es sollte sich daraus ein Prioritätenstreit zwischen ihm und Jeffries entwickeln – zu einer Zeit, als ich mit diesen Dingen nichts mehr zu tun hatte und nichts mehr zu tun haben wollte.

Eines Tages war Esther Sandmeyer in San Diego aufgetaucht. Ich war verblüfft, als ich eines Abends ihre Stimme am Telefon hörte. Woher hatte sie meinen Wohnort erfahren? Es erklärte sich dadurch, daß sie Sheila Backhus kannte und gelegentlich mit ihr korrespondierte. Sie sagte am Telefon: »Hallo, ich hol dich zum Essen ab.« Noch immer hatte ich kein Auto – auch das wußte sie. Später hupte sie unten, und ich ging, so wie ich auf meinem ungemachten Bett gelegen und geschwitzt hatte, in einer schmuddeligen Ivy-League-Hose und durchlöchertem Unterhemd, und stieg in ihren Wagen ein. Ich küßte sie auf die Backe. Sie sagte: »How goes it« und fuhr quietschend los; ich mußte wieder lachen, als ich sie ansah, wie immer mit ihrem geheimnisvollen Schweizer Lächeln, wie immer in ihren dicken Schweizer Sachen, Wollbluse und Rock, in dieser Hitze.

Sie ging mit mir ins Hotel ›Juarez‹, ein Luxusrestaurant, das wie ein Swimmingpool gekachelt war, überall tropische Pflanzen, viele ›Señor – permission‹ hauchende Kellner, drinnen, im Licht blakender Öllämpchen, die schummerig weiße, geblähte Kulisserie vieler Marineuniformen.

»Nimm was Gutes, du bist eingeladen.«

Ich fragte sie erheitert, ob sie einen NASA-Auftrag hätte, oder einen von der CIA. Sie grinste: »Fast erraten.« Wir redeten über Neuigkeiten in Denver, Freunde, Fakultätsklatsch. Ob ich den Einstieg ins Mucus-Projekt bereute? – Nein, ich sei ihr dankbar, fürs Zuraten. – Ob ich wüßte, woher diese Obsession rühre, bei Jeffries, der Grund für die lebenslange Beschäftigung, die immer neuen Anwerbungen, für Mucus. Da könnte ich nur raten. Vielleicht durch die Lungenkranken? Reste der Promotion? – Sie schüttelte den Kopf.

»Viel früher«, sagte sie. »Ganz alte Sachen. Er hat es mir mal anvertraut, in einer weichen Stunde. Sein Vater hat's bewirkt.«

»Sein Vater?«

»Du weißt, wer sein Vater war?«

»Nein.«

»Henry Clay Jeffries. Auch Mediziner, natürlich, und Physiologe. Zu seiner Zeit ein Name in der Wissenschaft. Er war Physiologe und Autokrat.«

Sie schwieg einen Moment, schaute vor sich auf den Tisch, auf die Reste von Krabben und Muscheln.

»Weißt du, was er mit dem Jungen gemacht hat?

Er hat mit ihm Pavlov-Experimente gemacht! Täglich, vor dem Mittagessen, ertönte ein Gong. Darauf stürzte er sich auf den kleinen Jeff und entnahm ihm mit einem Saugrohr Speichel aus dem Mund. Und wog ihn, und analysierte ihn. Zu anderen Zeiten ertönte der Gong, und es kam kein Essen; dann wieder kein Gong, aber Essen kam; und jeweils die Speichelentnahmen. Zur Reflexmessung.«

»Das gibt's doch nicht.«

»Doch, das gab es. Jeffries war acht Jahre alt. Manchmal macht er ein Witzchen darüber. Nennt sich ›Old dry mouth‹, Gourmet sei er auch nicht gerade geworden.«

Ich saß da, rieb mit dem Finger den Rand des Weinglases, schaute hinüber zu ihr, in ihr kaum beleuchtetes Spinnwebgesicht. Ich hatte unbehagliche Empfindungen. Empfindungen, die Worte mit sich führten, Worte wie ›Dr. Ödipus‹ ... ›Stellvertreterkrieg‹ ... ›Ratio-irratio‹.

Esther bemerkte es; sie sagte, viele Anlässe der Wissenschaft lägen abseits der Vernunft. Vielleicht immer. Aus welchen Zwängen entstehe die Pedanterie, aus welchen entstehe die Lust an Hypothesen? Man könne das in Biografien nachlesen. Übermächtige Väter – bizarre Ausbrüche. Die Gehässigkeit des Umgangs – sie könne ein Lied davon singen.

Die Konzeption der Wissenschaft, technoide Weltsicht, Ausdruck der Neurose?

Gewiß. Es erklärt vieles. Es ist schon alt.

Wir redeten, wobei wir uns gelegentlich wie Liebende mit den Fingern berührten; wie die Rigorosität, diese über alle Notwendigkeit hinausreichende wissenschaftliche Präzision für einen Freudianer sehr begreifliche Symptome seien, wie das Bohren, Graben, sich Versenken, das abstrakte Abhäuten der Natur zugleich Mutterliebe und Muttermord in sich habe; und währenddessen drangen um uns herum aus dem Schummerlicht vieler Kerzen, aus dem blassen Gewoge schneidende Worte und schneidiges Gelächter, Worte wie ›warheads‹, ›air support‹ und ›that Russian s.o.b. kept following us all the way to Hawaii‹, Vorstellungen von Vernichtungen, ungeheuren Geschwindigkeiten, zugleich mit ätherischem Gläsertönen, dem Glänzen sehr schöner Haare und aufblitzender Münder, an Geräuschen so etwas wie Ketten und Klicken und der seidenweiche Teppich eines afrokubanischen Rhythmus darunter.

Esther blieb zwei Tage. Sie hatte den Auftrag, im Umkreis von San Diego Informationen über und Proben von bestimmten Bodenbakterien zu sammeln, die zum ersten Mal im Umkreis der Öltanks der Marine entdeckt worden waren; Bakterien, oder vielleicht andere, noch nicht klassifizierte Lebewesen, die von *Öl* lebten, die Öl in ihre eigene Materie überführten. Es war ein Auftrag, der von der Flugzeugfirma Lockheed bezahlt wurde. Immer mehr hörte man von solchen branchenfremden Querfeldeinforschungen. Ölfirmen bauten Computer, Computerfirmen machten Astrophysik, Chemiekonzerne finanzierten psychophysische oder parapsychologische Experimente, und internationale Hotelketten unterhielten reisende Forschungsteams für Ethnomedizin, die mit ihren fahrbaren Extraktionsanlagen die Küchengärten der Buschmänner, Papua-Kosmetik und die Kräutermatratzen von indianischen Hochzeitsbetten untersuchten. Sie angelten in Suppen. Ein verzweifeltes Gefuchtel war hinter diesen Aktivitäten, ziellos ausgreifende Armbewegungen, Beliebigkeiten. Gewiß wären die Pläneschmiede von den Resultaten ihrer total unfundierten Spekulationen selbst überrascht.

Mein eigenes Projekt wirkte bescheiden dagegen. ›Pedestrian‹ nennt man sowas in den Staaten, wo Fußgänger was Kümmerliches haben. Das Projekt war nicht nur bescheiden, kümmerlich, es war auch undeutlich, unklar definiert. Schon in Berkeley hatte mir Miss Geismar, während wir die Fragen an den datensuchenden Rechner austüftelten, die hoffnungslose Verschwommenheit dieser ganzen Mucus- und Schleimaffäre unter die Nase gerieben. Jeder Teil der Frage war unbestimmt, Subjekt, Prädikat, Objekt. Das Subjekt: Wie war dieses Material überhaupt definiert? Was war überhaupt ›mucus‹? Was konnte man anderes darüber sagen, als daß es *alles* sei, was man von einer *Magen- oder Lungenwand abkratzen* kann? Prädikat: Selbst wenn wir davon absehen – was wollte ich denn eigentlich darüber wissen? Was damit anfangen? Wollte ich gewisse Eigenschaften aufsuchen und feststellen, ob sie ursächlich mit dem Mucus-Material verknüpft waren? Welche Eigenschaften? Antibiotisch? Blutstillend? Stimulierend? Was bedeutete jedes einzelne in einem streng physikalischen Sinn? Was hieße dabei ›ursächlich‹? Was gäbe mir das Recht, aus einer kleinen Zahl von Beobachtungen auf *alle* Beobachtungen zu schließen, und weiter: auf andere Spezies, z. B. auf Menschen zu übertragen, und weiter: auf *alle* Menschen, denn das sei es doch wohl, was ein neues Therapiekonzept bedeuten müsse.

Abends im ›Specs‹, einer von Free-Jazz und Bongogetrommel wie ein Sensurroundkino durchgeschüttelten Studentenkneipe am Rand des Campus von Berkeley, trank ich mein sechstes Bier und sagte: »Erlauben Sie, Miss Geismar, ich *will* es einfach nicht so genau wissen! Verstehen Sie, ich will es nicht *genau*, sondern nur *ungenau* wissen; ich glaube, daß jeder tätige Wissenschaftler, der es *so genau* wissen wollte wie Sie, sich ganz still in eine Ecke hocken und seine Hände ans Gesicht pressen müßte.«

»What are you talking about, man?« rief mir mein Nebenmann ins Ohr, der so hauteng an mich gepreßt war, daß wir alle synchron mit Brust und

Bauch und Schenkeln in diesem tumultösen Rhythmus bebten, der von dem nächsten der Bongotrommler ausging, der drei Meter von uns an der Arbeit war. Mein Nebenmann war Chano, mein schwarzer Nachbar aus dem dormitory, wo ich wohnte. Ich schrie in sein Ohr: »Nix nix, Mann. Ich probe meinen Abschied von Miss Geismar – was ich ihr dann sagen will.« Der Schwarze, der unterwegs wohl ein paar irische Gene abbekommen hatte und eine etwas rötliche Haarwolle und eine fleckige Haut, kicherte kreischend und boxte mich mit dem Ellenbogen in die Seite: »Jaa! So iss recht, boy, gib ihr den Laufpaß, der alten Kuh! Was soll's! Guck dir die ganzen Titten an, die hier rumhängen! Brauchst bloßn Mund aufzumachen!« Chano war ein Graduate-Student der Informatik, ein erstklassiger Mann, der seine lockeren Schaltpläne auf Servietten malte und dabei Weibergeschichten zum besten gab. »How many kinds of fucking do you get on a 64 Byte-mashine?« Natürlich mißverstand er mich. Zugleich aber verstand er mich sehr genau. Am nächsten Tag rief ich in Santa Barbara an und fragte Starr, ob ich eine Woche früher bei ihm anfangen könnte.

Corvin Starr war von der Ausbildung her Physikochemiker, er hatte sich für die magnetische Kernresonanz interessiert, ein Mittel zur Erforschung der Elektronenverteilung in Molekülen, dann für radioaktive Zerfallsreihen und in diesem Zusammenhang für den Einbau radioaktiver Atome in chemische Substanzen. Ein fragiler, vogelknochiger, ein Gentleman, immer mit Fliege und im dunklen Anzug; makellose Manschetten, was allein schon eine Kuriosität an einer amerikanischen Universität ist. Er kam aus einer Shaker-Familie, daher die milde Freundlichkeit, die rigorose Disziplin. Er war aber abtrünnig, voller Widersprüche. Konservativ die äußeren Sitten, radikal sein Denken. Immer war er gut für eine Überraschung.

»Wissenschaft? – ein schmutziges Wort.«

»Was heißt: objektiver Beweis? Mach eine halbwegs intelligente Hypothese und du findest eine Anordnung, die sie beweist. Milliken hat bewiesen, daß der Erdball durch den Äther fliegt, und doch gibt's keinen Äther. Denk mal an all die neuen Elemente, die nachweislich schon entdeckt wurden! Wir hätten 200!«

Dieser Shaker-Wahnsinn und puritanische Schütteltanz.

Morgens trafen wir uns in der kleinen Frühstücksbar Ecke Elmhurst/Carver Street, wo's täglich frische Rohkost und ein Schrotbrot von einer makrobiotischen Hippie-Farm gab. Die kamen früh, zwischen die ersten Kunden, mit ihrem klapprigen Halftruck, heiter, mit Haarknoten, großen Spanschachteln voll wildem Gemüse; manchmal kamen sie auch nicht, dann sagte Nellie: »Sorry, no food today.« Nellie schnibbelte hinter der Theke, ein dralles Mädchen, das jeden Kunden beim Vornamen nannte – auch mit erfundenen.

»He, Corvin, wieder 'n Begräbnis heute?«

»Sag's nicht so laut«, sagte Starr mit heimtückischem Lächeln. »Er sitzt neben mir.«

Wir warteten, schauten ihr zu. »Sieh mal, John«, sagte Starr, »also hier haben wir Nellie. Du kennst sie, sie ist doch nicht dumm? Die weiß doch, wo's langgeht? Die kapiert doch, wenn sie Gesichter anschaut?«

»Also gut, dann erklär ihr mal, was du machst, erklär ihr deine Wissenschaft, die wir hier machen.«

»Was solln das?«

»Na los, sag ihr doch mal, wenn du jetzt ins Labor gehst, was die da treiben, und wozu. – He, Nellie, komm mal her. John wird dir jetzt erklären, was er für 'ne Arbeit macht.«

Sie kicherte und kam, krauses schwarzes Haar, schaukelte mit den Brüsten, schaukelte den wunderbaren Mehrfruchtsaft, den sie frisch ausgepreßt hatte und in dem kleine Stücke von den Gemüsen und Früchten schwammen, aus denen er gemacht war. »Da bin ich neugierig.«

Ich stotterte. Es sei Starrs Idee gewesen, nicht meine. Ich sagte, im Magenschleim gäbe es bestimmte Stoffe, die hätten wir künstlich gemacht. Die kämen darin vielleicht zu zehn Prozent vor, nein – eigentlich kämen sie in dieser Form gar nicht drin vor. Wir hätten sie dennoch gemacht. Sozusagen der Spatz in der Hand. Dann hätten wir noch an jedem Molekül etwas angebracht, ein Element, das radioaktiv ist. Das strahlt. Sowas wie einen kleinen Radiosender, den man anpeilen könne.

Sie stellte die Gläser ab, stand, Hände in den Hüften.

»Willst du sagen, du hast einen Schleim gemacht, sowas wie Rotz oder Spucke, und hättest überall kleine Radios drangehängt?«

Sie stand vor uns, überragte uns, mit Siegermiene, schaute auf uns herab, wie auf Menschen mit Mißbildungen.

»So ungefähr, nicht ganz, ich meine, der Körper ist eine chemische Fabrik ...«

»Meiner nicht«, sagte Nellie. »Meiner ist in Ordnung. Ich hab doch alles, einen guten Körper, kann essen, trinken, Männer lieben ... Also, good grief, wer denkt sich denn sowas aus!«

»Leute wie wir«, sagte Starr; er grinste satanisch.

»Jaja, das glaub ich«, sagte Nellie und schaukelte zur Theke zurück, wo ein Kunde mit seinem Vierteldollar auf der Glasplatte klapperte.

»Man sollte euch auf den Mond schießen, bevor ihr noch mehr Leute angesteckt habt!«

»Komm, John«, sagte Starr. »Gehen wir lieber, sonst steckt sie womöglich uns an.«

Ich fühlte mich aber wohl in Santa Barbara, es war für mich ein Paradies. Der Ort war übersichtlich, direkt am Meer, viel Grün, Palmen, nicht so viele schildkrötenhafte Rentner und überkandidelte Witwen und reiche Söhnchen wie an anderen Orten in Kalifornien. Man ahnte noch, was die Küste mal gewesen war, ein Versprechen, Fruchtbarkeit, Wärme, Rand eines Ozeans von glücklicher Trägheit.

Der nahtlose, geradezu stufenlose Übergang des freundlichsten Sonnenstaates in eine Wüstenei der Alpträume beschäftigt mich. Der Los-Angeles-River, stundenlang neben dem Freeway in seiner Betonrinne, pfeilgerade zwischen Häusern, die wie Geröllhalden sind. Die Finsternis an den Wänden und in den Gesichtern in elenden, blutigen, vollgekotzten Greyhoundstationen. Die grüne Sattheit der drei Ernten in San Fernando Valley. Aber wer weiß, ob es nicht Kino-Ernten sind. Fensterlose Containerbauten, zum Beispiel das Shell-Forschungszentrum in Modesto, wo hundert Menschen ihren Tag verbringen. Eine zwanzig Kilometer lange Autoschlange auf dem Santa Monica Freeway, bewegungslose Insassen, wie sterbend, unter dem Himmel, pupillenlos. Pastellfarbenes, sanft kosendes San Francisco, zarter Zynismus, Kostbarkeiten anhäufend in Erwartung des Erdbebens. Ein Laden, der nur gläserne Einhörner zu verkaufen hat.

Schließlich die schreiende, knirschende, blutige

Messerschlacht zwischen Negern und Mexikanern. Die schlüpfen bei San Diego rein, augenzwinkernde Zöllner, ohne Arbeitspapiere, und die Sklavenhändler karren sie sofort in die Obstplantagen, da arbeiten sie für fünf Dollar am Tag, machen die Neger arbeitslos. Fünf Dollar kann man nicht unterbieten. Was hatte das mit der Wissenschaft zu tun?

Die Geschichte von den Negern hatte mir Sheila Backhus erzählt, nachdem wir uns nähergekommen waren. »Eines Tages werden die Yankees dafür bezahlen«, sagte sie. »Die Farbigen werden alles übernehmen. Bedenke ihre Geburtenrate.« – Die Geschichte paßte zu ihrem Darwinismus.

Gegen Ende meines Aufenthalts in San Diego hatte Dr. Backhus mir eine Anregung gegeben, die meinen Fahrplan um eine weitere Station bereicherte. In einigen Tierexperimenten sollte, nach ihrem Vorschlag, die natürliche Mucus-Schicht durch eine künstliche ersetzt werden, die die bis dahin bekannte Zusammensetzung so gut wie möglich nachahmte und außerdem noch durch bestimmte Zusätze auch physikalisch dem Natur-Mucus entsprach. Wie würden die Tiere darauf reagieren? Welche Syndrome würden sich einstellen? Sie erbot sich, den Kontakt mit einem fähigen Pharmakologen des Squibb-Forschungsinstituts in New Brunswick, N.J., herzustellen, der die dazu nötigen Operationstechniken beherrschte. Er hieß Dr. Zygmunt Hershkovitz. Ich holte mir telefonisch Jeffries' Erlaubnis und besuchte Hershkovitz im Juli 1972, um das weitere Vorgehen mit ihm zu besprechen. Danach hielt ich mich noch einmal von Dezember bis Januar '73 in New Brunswick auf, als die Vorbereitungen für die eigentlichen Versuche abgeschlossen waren.

Dr. Hershkovitz war von buddhahafter Körperfülle, kahlköpfig, jedoch mit starkem Bartwuchs; obgleich er sich mehrmals täglich mit dem Elektrorasierer, der ständig auf seinem Schreibtisch lag, rasierte, hatte er immer dunkle Stoppelschatten um Mund und Schläfen. Er war in Chicago aufgewachsen und sprach einen mit Yiddish und polnischen Brocken durchsetzten Slang. »Why, God forbid, was hoben wer wieder fir ein Massel gehabt«, sagte Hershkovitz, als er den Magen einer Beagle-Hündin geöffnet hatte und darin ein massives Magengeschwür vorfand. »Hat uns das Ulcus schon die halbe Arbeit abgenommen.« Er hatte eine besondere Technik, mit Hilfe eines Medikaments, das verdickten Schleim verflüssigt, die Magenschleimhaut von dem gesamten Mucus zu säubern, blankzuwaschen, worauf dann, mittels einer breiten Düse entsprechend einer Staubsaugerdüse en miniature, der Mucus-Ersatz aufgetragen und mit Spateln und Plastikwischern verteilt und geglättet wurde. Es war schön, diesen plumpen Fettwanst arbeiten zu sehen. Er bewegte sich leicht, und seine Hände glitten virtuos über das blutige Fleisch des Tieres, das in Narkose, künstlich beatmet, rücklings mit offenem Maul auf dem Operationstisch lag. Nachdem er diese entscheidenden Manipulationen selbst ausgeführt hatte, ließ er das Tier von zwei Assistentinnen wieder zunähen und seinem Käfigleben zuführen. Währenddessen saßen wir in seinem Büro und tranken Wodka. Er hatte eine Art Narrenfreiheit in diesem Institut. Eigentlich wurde es ja von der Firma unterhalten, um neue Arzneimittel zu entwickeln.

New Brunswick ist nicht weit von Princeton entfernt, dem Ort, der für Naturwissenschaftler Legendenklang hat. Im Institute of Advanced Study hatten Enrico Fermi, Robert Oppenheimer, Szillard gelebt und nachgedacht, Albert Einstein konnte dort, wie er sagte, »in Ruhe vertrotteln«. Ich fuhr hin und besichtigte es, die Studios der Gelehrten, die Bibliothek, die neuenglischen Räume im bräunlichen Licht, still, gediegen, etwas staubig, Pulte und Sitzecken, Fenster ins Grüne, Mönchsideal von Gentlemen. Ich dachte an die Vorstellung vom weltumspannenden Wissenschaftlerorden, Philosophenkönige, Bertrand Russell grollend an den Präsidenten telegrafierend: Stop that nonsense. Einstein selbst, und Bohr in Europa, Kapitsa in Moskau, die mit Briefen die Wasserstoffbombe stoppen wollten. So saßen die hier, diese alten Männer, grübelnd, wanderten umher, mit heraushängenden Hemden, skizzierten, unleserlich, an der Wand, Weltuntergänge, Rasierschaum am Ohr, hinter Bücherstapeln, redeten im Park, mit langen Pausen, immer als Fortsetzung früherer Gespräche, mit halboffenem Hosenschlitz. Natürlich, es waren Vorstellungen aus Comic-Heften, aber viel besser wußte ich's nicht.

Bei der Anfertigung des künstlichen Mucus hatte ich noch einmal die Hilfe von Kenneth Mellow in Columbus erbeten; er hatte sie widerwillig gewährt. Er hielt das Unternehmen für unsinnig, die Annäherung an die Wirklichkeit für zu grob – er war für die richtige Reihenfolge.

Die richtige Reihenfolge war: restlose Aufklärung der Zusammensetzung, unstrittige Synthese der Bestandteile, Nachweis der Identität von natürlichem und künstlichem Mucus. Meine Bemerkung, daß dies die Lebensarbeit von vielen sei, quittierte er: »So what?« Erst Jeffries konnte ihn zu einem Kompromiß bewegen.

Jedenfalls kehrte ich auf diese Art im September 1973 noch einmal nach Columbus zurück. Ich besuchte auch Helga Rost. Es war nachmittags gegen drei, und wir waren mit tiefen Seufzern und langgestauter Prallheit auf den Teppich gesunken; zwei Stunden vergingen. Helga vergaß, daß Herr Rost inzwischen andere Mitfahrgelegenheiten hatte. Er hätte uns fast überrascht. Er freute sich sehr, als er mich vorfand. »Junger Mann, Sie schwitzen ja!« und

»Helga, dein Haar! Du mußt dir mal wieder eine Dauerwelle machen!«

Die Tage in Columbus waren ungebärdig – hatten eine durchgängige Aufsässigkeit. Auf der Highstreet veranstalteten die *Ecohio*-Gruppe und Keith und Zoe ein Straßentheater, in dem Verschwendung, Kaputtheit, Verwüstung und Endzeitzynismus der Gesellschaft anhand lokaler Vorkommnisse demonstriert wurden. Die Polizei versuchte die Veranstaltung aufzulösen, wurde aber durch die Menschenmenge daran gehindert. Zugleich eine große Erregung auf dem Campus, überall Haufen von Debattierenden, Flugblattverteiler, Sit-ins, da es herausgekommen war, daß einige Forschungsprojekte, vor allem im Department of Engineering und im chemischen Institut, von der CIA finanziert worden waren. Eine dichte Rotte zog mit Spottversen durch die McPherson-Hall, und im Ausbildungslabor hatte sich ein Orchester gebildet, das auf Glaskühlern, Rundkolben, Gasschläuchen, Reagenzgläsern eine pfeifende, jaulende Musik veranstaltete. Roger Wade schimpfte auf ›radicals‹, und Mellow hatte wenig Zeit für mich. Aber Hershkovitz bekam seinen Stoff.

Von Columbus aus flog ich nach Austin zu Dr. Thurber. Er war ein Studienkollege von Jeffries gewesen und erzählte mir ein paar Sachen aus jener Zeit, über Jeffries' schwankende Stimmungen, seine Ausbrüche rasender Vergnügungslust, seine Phobien, seine Talente. Thurber war sehr interessiert an dem Mucus-Projekt. Es ist hauptsächlich seine Unermüdlichkeit gewesen, mit der er die Untersuchungsresultate mit den radioaktiven Mucus-Komponenten auf immer neue Weise durchrechnen ließ und interpretierte, durch die die späteren Entdeckungen möglich wurden. In den Mitteilungen darüber ist sein Name so wenig aufgetaucht wie meiner. Je näher wir ans Ziel kamen, desto weniger interessierte es mich. Wieder ein neuer plausibler Zusammenhang. So vernetzt man die Welt. Ich reiste herum, mit oder ohne Auftrag, sah und hörte das Land, und meine Arbeit, diese Wissenschaft, schien mir dem Land nicht angemessen.

Was war's denn? Was hatte ich denn einzuwenden? Zahlen, Zahlen, Denkgeleise. Worte, Handlungen, Vorhaben. Alles Werkzeug. Etwas Unnützes soll Nutzen haben. Die heftigen Schlagschatten, die ein schönes Gesicht so gut macht wie ein Totenkopf. Augentiefe, glückliche Tränen, zwangsläufig. Die Frage, wieviel Wärme zwangsläufig aus dem Carnot'schen Kreisprozeß entsteht: eine idealisierte Frage, da es diesen Kreisprozeß nicht gibt. Immer neue Korrekturfaktoren zur Anpassung an die Wirklichkeit. Elementarteilchen vermehren sich wie die Karnickel. Hochenergiephysik. Mit Millionen Elektronenvolt in Richtung auf die neueste Welttheorie. Was hat sie mit der Welt zu tun?

Plötzlich reißt das erstickend tiefe Wolkengehänge auf und ein Riesenhimmel steht darüber, blau vor Abenteuer.

VI

In Amerika ging es mir, mit meinen europäischen Knochen, meinem europäischen Fleisch, wie einem, der sich durch Glück, großes Los, infolge irgendeiner Großzügigkeit, nach Jahren in seiner abgezirkelten Sozialbauwohnung auf einmal in ein geräumiges, modern eingerichtetes Landhaus versetzt sieht, mit Schritten kaum auszumessen, überall viel Glas und unerwartete Ausblicke – ein Haus, das kühn ist. Man bewegt sich darin wie schwimmend, man vergißt den Ausgangspunkt. Man wird Amerikaner durch Gangart. Amerikaner sind in Bewegung; oft auf Achse. Alte Ansässigkeit gibt's auch, aber im Osten, wo viel Europäisches gilt. Sonst ist man im Aufbruch, oder plant es. Der Impuls, die Lockung von unbekannten Grenzen, noch immer wirksam, obwohl es Unbekanntes nicht mehr gibt. Gleitend, reitend, die flache Hand über den Augen, wie Buster Keaton, der die Indianer nachmacht, die ebenfalls immer weiterritten, ins Blaue, und auf Pferden, die das Geschenk ihrer weißen Feinde waren.

Ich hatte mir für die Mitte des Jahres 1973, als ich den Ablauf meines Projektes zu überblicken hoffte, zwei Monate für Reisen freigehalten. Auch vorher schon war ich, aus Gründen der Wissenschaft, viel herumgekommen. Mir ging es bald auf, warum mir Esther gerade *das* als besonderen Vorzug des Mucus-Projektes empfohlen hatte. Sie war selbst ruhelos und war sich bewußt, daß es ein Vorzug war.

Die Reiserouten: Denver – Columbus – Salt Lake City; Columbus – Berkeley; Berkeley – Santa Barbara; San Diego; San Diego – Rochester – Austin; San Diego – New Brunswick; New Brunswick – Austin, Texas, San Antonio, Texas – Denver; Denver – Cheyenne und Rock Springs, Wyo; Atlantic City – Boston; dazwischen Los Angeles, Disneyland; New York – Boston – Indianapolis, St. Louis – Tulsa – Omaha, Nebraska; und wieder Denver. Kreise und Achterfiguren. Ohne Start und Ende.

Von Natur aus hat man nicht alles; daher kommt sie ja, die Wissenschaft. Man macht sich das Fehlende. Kann man dem Verstand mit Pillen aufhelfen? Nur durch Pillen kommst du zum Willen. An der Tankstelle von Effingham, Ill., konnten die Fahrer der großen Transkontinentaltrucks auch ihre Preludinpillen tanken, das Stück zu fünf Dollar. Das kriegte ich mit, als ich mir dort nach fünf Stunden Greyhound die Beine vertrat. Ich kaufte mir auch ein paar und rollte weiter. So entstand das Bild Amerikas als überwaches Überallzugleichsein, das durchaus etwas mit der Wissenschaft zu tun hat. Wissenschaft heißt:

Nichts geschieht hinter deinem Rücken. Warum nicht? Weil's keinen Rücken gibt.

Das hätte ich auch gern der knochigen alten Dame mit den Hängesackaugen gesagt, die ganz allein an einem Vormittag in der Greyhoundstation von Los Angeles vor Gate 11 saß. Gate 11 würde sich erst in einer Stunde öffnen, zum Bus nach Palm Springs. Ich kannte die Frau nicht, überhaupt nicht. Als ich an ihr vorbeiging, hielt sie mich am Jackenzipfel fest.

»Sind Sie aus Kanada? Nein? Hab ich aber gedacht.«

Sie ließ mißtrauische Blicke an mir aufwärtswandern.

»Ihre Jacke sieht genauso aus wie die Jacke von Mr. Ballard aus Kanada. Er besucht mich jedes Jahr und trägt eine Jacke genau wie Ihre.«

Ich sagte, ich sei nicht Mr. Ballard.

Sie sagte: »Ich fahre jetzt nach Palm Springs, wissen Sie. Kennen Sie Palm Springs? Palm Springs, das war früher ein Name, das war in Mode. Heute kann man kaum mehr aus der Stadt, weil die Indianer einen nicht lassen. Ich habe da ein Haus, mit vier Schlafzimmern. Letztes Jahr habe ich noch einen Patio drangebaut. Er hat mich fünftausend Dollar gekostet, aber das steigert den Wert des Grundstücks. Sie sind nicht jüdisch, oder?«

»Nein, nicht jüdisch.«

»Eigentlich lebe ich in Los Angeles. Ich habe da

ein Haus mit 22 Schlafzimmern. Zweimal im Jahr fahre ich nach Palm Springs und sehe nach, ob mit meinem Eigentum alles in Ordnung ist. Ich schaue nach, ob mir niemand meinen Cadillac gestohlen hat, der da steht. Ich will nicht, daß man ihn stiehlt. Er ist brandneu, ich kann ihn nicht fahren. Jüdisch sind Sie nicht, oder? In Palm Springs gibt es viele jüdische Leute. Wo kommen Sie denn her?«

Ich sagte es ihr.

»Oh, Hamburg, das ist bei Heidelberg, stimmt's? Ich war nämlich schon viermal um die Welt. Ich kenn das alles.« Sie ruckelte mißtrauisch. Sie saß ganz allein, die alte Dame, und hatte niemanden, nur ihr Eigentum. Natürlich weiß ich, daß ›bedroom‹ in Amerika in einem solchen Zusammenhang nicht ›Schlafzimmer‹ bedeutet, aber es gefällt mir, es so zu übersetzen.

Sie riß mir fast ein Stück aus Mr. Ballards Jacke, als ich von ihr fortging, um endlich in den Bus nach Disneyland einzusteigen. Disneyland ist Amerika, auf eine Quadratmeile geschrumpft. Ich wollte es auf keinen Fall versäumen auf meinen Wegen zwischen den Küsten. Auch ich hatte niemanden.

Bei meinen dienstlichen Reisen, die mir bezahlt wurden, flog ich ausschließlich. Zum Beispiel flog ich von Denver nach San Francisco – ein Flug, den man unbedingt tagsüber machen sollte; die Rockies sind pittoresk und mondhaft desolat; die San-Francisco-

Bay-Area kann in ihrer Schönheit erst wirklich von oben erfaßt werden; sie sieht aus wie eine große gartenhafte Erdumgestaltung, wie ein japanischer Garten mal hundert. Wie ihre eigene Abbildung. So wie man, dann aus größerer Nähe, von englischen Landschaften sagt, sie seien vollkommen zivilisiert und den Gemälden von John Constable angepaßt.

In San Francisco kreisten wir ein paarmal um den Coit-Turm. Es steht in jedem Fremdenführer, und dennoch wiederhole ich es: Mrs. Coit war eine Wohltäterin, sie hat diesen Turm gestiftet und vieles andere. Der Turm ist wie die Vergrößerung der Spritzdüse eines Feuerwehrschlauches gebaut. Mrs. Coit hatte eine große Begeisterung für die Feuerwehr. Immer hat sie sich gewünscht, dieses dicke Schlauchende, das zum Himmel zeigt, könnte sich endlich zu ihr hinsenken und sie mit dem ganzen Inhalt des Löschwasserreservoirs bespritzen, sie überschütten, durchtränken, hinwegschwemmen, damit endlich dieses Feuer gelöscht werde, das unsichtbare, auf das sie ihr Leben lang hinzuweisen versuchte. Aber nun ist sie tot.

Von Rochester über Boston nach Austin, Texas, flog ich mal an einem Montagmorgen. Das kleine Flugzeug war bis Boston randvoll mit Geschäftsleuten, die ein Wochenende hinter sich und eine angespannte Arbeitswoche vor sich hatten. Ein scharf Aufstrebender, Blaurasierter im dunklen Business-

Suit vertrieb ein älteres, weichlich kultiviertes Ehepaar aus seinen Sitzen, indem er mit seiner Reservierung wedelte, plötzlich losschreiend, lärmend, ein Schrapnellgeschoß, das in viele kleine scharfkantige Splitter zerplatzte: »Get the hell out of here! Get the hell... Raus! Raus hier, weg von meinem Platz... ich mach euch sonst fertig, zerfetz euch, reiß euch die Eingeweide raus, schlag eure Zähne in eure Fressen!« – Bis nach Boston hallte dieses Kreischen wider, und auch die dunkleren, zurechtweisenden Töne hielten bis dorthin an, die von den Seiten und von hinten zur Einschlagstelle zurückkehrten.

Von Denver nach Columbus, Ohio, war es dagegen ein ruhiger, nachdenklicher Flug. Neben mir auf der Fensterseite saß ein stattlicher, dunkelhaariger Mann mit langen Koteletten, mit einem schönen großkarierten Anzug, mit einem kaum merklichen Lächeln. Hin und wieder öffnete er sein Aktenköfferchen, das auf seinen Knien lag, um zärtlich hineinzusehen. Später öffnete er es einmal etwas weiter, und ich sah, was darin war. Darin waren, ordentlich nebeneinander, zwei Dinge: ein wissenschaftliches Spezialwerk über Boule'sche Mathematik und eine rechteckige Flasche mit Ballantine's Whisky.

Während eines Fluges von Austin, Texas, nach Santa Barbara saß neben mir eine ganz kleingeschrumpelte, freundliche Dame, die mit geheimnisvoller Miene die Stewardess zu sich winkte, um ihr zu zeigen, was sie in ihrem Täschchen hatte. Nach ihrem Gesicht mußte es Schmuggelgut sein. Es waren aber fünf kindskopfgroße Zwiebeln, ein Geschenk für ihre Tochter, die in Santa Barbara ein Blumengeschäft hatte. Sie war 82, sie sagte, sie wolle durchhalten, solange es geht. »I'm gonna stick it out.« Sie kannte 13 Staaten von den 50 der Union. Sie stammte aus einer Quäkerfamilie, und doch hatte sie Las Vegas besucht. Aber gespielt hatte sie dort nicht. Ich sagte, jaja, Quäker tun das nicht, aber sie hörte nicht hin.

»Ich bin ein schlechter Verlierer«, sagte sie. »A bad looser.« Dabei stieß sie mich spitzbübisch mit ihrem knochigen Ellbogen in die Seite. Als wir in Santa Barbara ausstiegen, stand der Pilot hemdsärmelig in der Tür zu seinem Cockpit und sagte »Goodbye« zu jedem. Er hatte einen starken Bauch und eine daumendick und waagrecht herausragende Zigarre im Mund, was beides den Durchgang verkleinerte.

Auf irgendeine Weise bin ich einmal in Rock Springs, Wyo., hängengeblieben. Das war in der Zeit von Juli bis August 1973, für die ich mir zwei Dauertickets besorgt hatte – das eine für den Greyhoundbus, und das andere für die United Airlines, mit denen ich mit beiden Verkehrsmitteln pausenlos und in allen Richtungen den Kontinent durchqueren konnte.

Diese Reise unternahm ich von Denver aus mit dem Greyhound, unter anderem, um Salt Lake City zu sehen, wo ich mich mit Esther Sandmeyer verabredet hatte. Ich kam da aber nicht hin. Ich kam nur bis Rock Springs. Rock Springs erscheint mir seither als ein Ort, der nur Endstation sein kann. Die Landschaft, in dem es liegt, ist wie ein stundenweiter Steinbruch. Tankstellen, Reparaturwerkstätten und eine große Zahl von Baracken in der Form von waagrecht liegenden, halbierten Wellblechtonnen. Ringsum Felswände, gelbe, rötliche, sehr bröckelige Felsen, wie Bims. Es gab ein Hotel mit einer Bar, in der man sich vollaufen ließ. Ich war aus dem Greyhound, nach stundenlanger Fahrt durch diese Art von Landschaft, ausgestiegen in der Hoffnung, irgendwo eine Pflanze anzutreffen oder ein warmherziges außerirdisches Wesen. Ich traf kein Wesen an. Ich war übernächtigt, ausgekühlt, mein Rücken schmerzte. Wieviel Zeit dabei verging, weiß ich nicht. Als ich zur Station zurückkam, war kein Bus mehr da, und nur ein einziger Mensch, ein Schwarzer mit einem wilden, struppigen, grauweißen Bart rings ums Gesicht. Er sah aus wie Grover von der Sesame Street. Er trug eine braune Steppjacke, die auf der einen Seite einen halben Meter wie mit dem Messer – oder wirklich mit dem Messer – aufgeschlitzt war, so daß die helle Watte wie Schimmel aus seinem Körper quoll. Er taumelte auf dem Hof zwischen der Bar, zwei Tanksäulen und zwei großen, vollen Papierkörben herum. Um nur etwas zu fragen, fragte ich, ob der Bus weg sei. Er nahm das mit tiefem Ernst auf. »Bus weg, Geld weg, alles weg.« Er wedelte mit seinem stark verlederten Greyhoundticket in der Luft herum. Er jammerte. »Die woll'n mich nich mitnehm, neenee, die nehm mich nich mit.« Er winkte mit dem Ticket so ungefähr in die Richtung, in die der Bus wohl gefahren war, in Richtung auf einen Einschnitt in der bröckeligen Felswand, die den Ort umgab.

Ich hatte noch 25 Dollar bei mir, der Rest war mit meinem Gepäck weitergereist. Der nächste Bus kam erst spät nachmittags. Die Zeit bis dahin vertrieben wir uns mit Bier und Whisky. Als dann der Bus kam, schaukelten wir Arm in Arm hinaus, beide mit unserem Ticket in der Hand. Der Eintritt wurde uns verwehrt. Durch die offene Tür verlas der Fahrer mit ausdrucksloser Stimme die Vorschrift, wonach alkoholisierte (intoxicated) Personen nicht befördert werden dürfen. Er sprach mehr zu dem Schwarzen als zu mir. Er sagte väterlich: »You better get yourself some coffee and sober up, Tom.« Dann legte er den Gang ein und brauste los wie im Zorn.

Der Neger hieß nicht Tom, er hieß Bubber. Bubber hatte jetzt blutunterlaufene Augen, ich wohl auch. Wie lange er schon in Rock Springs festsaß, konnte ich nicht rauskriegen. »How long?« fragte er, »how long?« und dann wiederholte er diese Worte, bis der Frageton aus ihnen verschwunden war.

»How long!«

Ich konnte nicht mehr scharf denken, aber ich dachte unscharf, daß es aus Rock Springs kein Entrinnen gab. Den Ort ertrug man nur mit Alkohol. Von ihm wegbefördert wurde man nur ohne Alkohol. Ich machte mir in meinem klaren, unklaren Kopf einen teuflischen Plan zurecht. Ich überreichte dem glücklichen Bubber die restlichen zehn Dollar, die ich noch hatte, und begann eine längere, stolpernde Wanderung entlang dem Felsenumkreis, von dem ich mit vielen Schürfwunden und humpelnd erst um neun Uhr abends zurückkehrte. Wohin ich dabei gekommen war und was ich dabei gesehen und erlebt hatte, war mir, obgleich ich das Nachgefühl krauser Träume hatte, nicht mehr erinnerlich. Kurz darauf kam mit dunklem, drohendem Schwung der Bus. Ich stieg sofort ein, in dem Bus tobte gerade ein wildes Gelächter, das den Fahrer von meinem Aussehen ablenkte. Dann torkelte Bubber aus der Bar. Ich hatte mich ganz hinten in den halbleeren Bus gesetzt, so daß er mich nicht sehen konnte. Ich sah seinen wilden, struppigen Kopf flehentlich im Türausschnitt. Ich hörte die metallische Stimme des Fahrers: »Intoxicated persons will not... get yourself some coffee... sober up, Tom.« Es zischte hydraulisch, wir sausten ab.

Der Bus brachte mich ungewollt nach Denver zurück. Weder ich noch der Fahrer hatten den Irrtum bemerkt. Mein Gepäck beendete seine größere Rundreise drei Tage später. Esther sah ich erst nach Monaten in New York wieder.

Nachträglich wurde mir bewußt, daß ich während dieses ganzen Tages in Rock Springs, Wyo., außer Bubber keinen einzigen Menschen gesehen hatte; aber irgend jemand muß uns doch Bier und Whisky verkauft haben. Rock Springs bedeutete ein zyklisches Elend. Es gibt auch geradliniges Elend. Einmal sah ich am Washington Square in New York mit seinen dichten, intimen Bäumen und dem schönen, griechischen Bauwerk der Public Library einen Penner am Ende einer Parkbank stehen. Es war ein vierschrötiger Mann mit einer eingedellten Melone auf dem Kopf. Aus seiner Hose hing sein langer, weich gebogener Schwanz und lief aus. Der Urin floß auf den gekehlten Brettern der Parkbank bis ans andere Ende und rann dort zu Boden. Die Arme des Mannes hingen seitlich herab, sein Blick war geradeaus auf die 13. Straße gerichtet, und auf die hellgraue Luftsäule, die über dem East-River stand. Penner verfallen meist auf die bequemste Lösung. Einmal beobachtete ich einen an einem Ausschank, mit einer Sammlung von gut einem Dutzend Fingerfläschchen mit Whisky vor sich, er biß sie eine nach der anderen mit den Zähnen auf und goß sich den Inhalt ins Maul.

Vor der Greyhoundstation von St. Louis, hinter der sich die kühne Architektur des Gatewaybogens durch den Himmel schwingt, schaute ich einem Vagabunden zu, der versuchte, aus einem *bun*, einem watteweichen Rundbrötchen, und dem restlichen Inhalt einer Corned-Beef-Dose ein Sandwich zu machen. Er hatte einen Hemingwaybart und sehr lange, spitz nach oben ragende Beine. Sie eigneten sich schlecht als Arbeitsbasis. Als Werkzeug hatte er ein abgebrochenes Taschenmesser. Sein Hauptproblem aber war das Rütteln, der lange Tremor seines rechten Armes. Er saß neben dem Stationseingang auf einer Bank, links ein Plastikbeutel, denk ich, mit Lebensmitteln, rechts ein sehr schmutziger Leinensack mit seinem sonstigen Eigentum. Am Boden, zwischen den Schuhen, stand eine Ein-Liter-Rotweinflasche. Der Mann hatte die Fleischdose zwischen die Knie geklemmt, er hielt den *bun* in der linken Hand und versuchte ihn mit dem Messer in der Rechten zu schneiden. Die heftig ausschlagende Tremorhand verfehlte ihr Ziel mehrfach. Er legte das Messer ab, griff nach unten zur Flasche, verabreichte sich, geschickt zwischen zwei Tremorschlägen, eine gute Dosis Rotwein, setzte die Flasche ab und wartete auf den Effekt. Der Effekt war ein langsameres Ausschlagen des Armes. Er war ungenügend für seine Zwecke. Er flößte sich noch dreimal eine Dosis ein. Danach war der Tremor ziemlich zur Ruhe gekommen. Nun konnte er den *bun* aufschneiden und dick mit Corned Beef belegen. Sein Vorgehen war ganz empirisch, durch trial and error. Von Zeit zu Zeit hatte er eine Eingebung und trat dann schnell und knochig durch die Schwingtür ins Innere der Station, an die Schlange vor dem Fahrkartenschalter, und redete einen der Wartenden von schräg oben an. Er sagte, er brauche einen quarter, und schimpfte »you goddam rich people«, auch wenn er den quarter bekommen hatte. Danach wurde er von einem uniformierten Greyhound-Bediensteten widerstandslos hinaus und an seine Bank bugsiert.

Das war noch früh am Tag, während der Duft von Kaffee und Eiern und Schinken übers Trottoir wehte. Viele tausend schmutzige, betriebsame Breakfast-Bars haben dann geöffnet. Es ist Amerikas schönste Tageszeit, sie wandert sechs Stunden lang über den Kontinent. »Two scrambled eggs, Sir. Did you have a good fuck last night?« Über dem Knusperduft schwebt die Morgenzeitung, fortlaufende Versenkung zwischen New York und San Francisco. Alles Mönche, jeder Hocker eine Zelle. In der Morgenzeitung steht, in der letzten Nacht sei ein belgischer Tourist von einem Taxi in Harlem statt zum Hotel zu einem verlassenen Grundstück gefahren worden. Es steht darin, Andy Warhol sei für frühen Tod, vorzeitige Ejakulation und fürs Stricken. Zwei Kumpane hätten den Touristen aus dem Auto gezerrt, ihn windelweich geprügelt und ihm belgische Francs im Wert von zehntausend Dollar abgenommen. Am besten sei es, sagt Andy, schnell geboren zu werden, weil's weh tut, und schnell zu sterben, weil's weh tut, und was Sex angeht, sowenig Körperkontakt wie möglich. Der Belgier verdiene kein Mitleid, warum fahre er nachts nach Harlem, warum habe er so viel Geld bei sich, und warum wähle er kein ›checkers‹-Taxi, mit verbürgter Fahrgast-Sicherheit. Als geheime Passion gesteht Andy das Stricken ein, weil man nie aufhören könne, wenn man angefangen habe. Der Belgier habe übrigens kein Wort Englisch sprechen können.

Den besten Röstschinken aß ich in der Breakfast-Bar am Civic Centre von Hartford, Conn., aus der Hand eines Negers mit hoher weißer Mütze; er lachte und sang, während er zwischen dem Grill und der Theke tänzelte; durch die gläsernen Wände hatte man einen Blick auf das eingestürzte Dach des Centre, dem Denkmal eines der größten Bauskandale der letzten Jahre. Den besten Kaffee bekam ich in der Breakfast-Bar des Ambassador-Hotels in Los Angeles. Der Barmann sah aus wie Groucho Marx. Er sagte zu seiner Kaffeemaschine: »Lordy, ich fühl mich saumäßig heut morgen. Ich glaub, ich erschieß mich.« Das Ambassador-Hotel ist eigentlich eine Stadt, die man für kein Bedürfnis verlassen muß. Als ich dort war, saßen überall sehr stark geschminkte alte Damen herum, mit Haaren wie Glaswolle. Eine von ihnen sagte zu Groucho Marx: »You'll get over that, Baby. Ich hab da ein Rezept. Man nehme den Saft von zwei Flaschen Whisky.« Niemand lachte. In einer der vielen Küchen des Ambassador-Hotels ist Bobby Kennedy erschossen worden. Im Drugstore gab es für 50 Cent goldglänzende Kugelschreiber mit der Aufschrift ›Stop rape – say yes‹.

Darüber lachte niemand. Amerikaner lachen fast nie über Witze, jedenfalls nicht wenn sie gut sind. Keine Gefühligkeit. Die Wissenschaft dagegen, diese aufdringliche, stets auf Endlösungen hinstrebende fixe Idee, wie ein Liebhaber, der nach dem Ende seiner Zeit immer noch ums Haus schleicht und das Telefon klingeln läßt, die Wissenschaft ist gefühlig. Das Nicht-ablassen-Können, das Auf-der-Stelle-Treten. Mit dem Kopf durch die Wand – so sehen sie auch aus, diese Köpfe.

In Atlantic City besuchte ich einen wissenschaftlichen Kongreß. Diese Stadt liegt an einem lang und leicht gekrümmten Stück der Atlantikküste, das unablässige, vielfüßige Klappern und Dröhnen des hölzernen *boardwalk* entlang dieser Küste ist ihr bestimmendes Merkmal. Aber auch lautlose Karren rollen dort auf Gummirädern, überdacht, von Negern geschoben, sie enthalten Invalide mit Übergewicht, mit geschlossenen Augen und vibrierendem Hängekinn, die sommerlich ausstaffiert wurden von

Pflegehänden im Kurhotel oder der Millionärsklinik. Dorthin kehren die Karren nach einer Stunde zurück, werden entladen, in Lifts und andere Fahrzeuge, zu den Veranden und Balkons, vor der arabisch weißen Kulisse mit Minaretts, unbeweglich, unter Sonnenschirmen, mit der unablässigen Aussicht aufs Meer.

Das Kongreßzentrum lag nahe an einem Vergnügungspark, der, ebenfalls auf einem Holzbelag, wie auf einem großen Floß weit in die See vorsprang. Der Lärm des Vergnügungsparks untermalte die Wissenschaft. Von der Galerie des großen Saales blickte ich auf den geselligen Abend der Spezialisten, die da unten in vielen fachlichen Grüppchen standen. Ich blickte auf ihre Köpfe. Ich betrachtete sie vom Standpunkt eines Sammlers von Abnormitäten. Es gab weich oder stachlig behaarte Kakteen, Köpfe wie aus dem Wald ragende Felskuppen, sehr schrundige oder ganz flache Kiesel, mehr breit als hoch, karottenrot oder spiegelnd weiß, oder riesige Kinderköpfe mit verschwindend kleinen Gesichtszügen, auch sehr abgeschrägte, vogelhafte oder auch wie mit fliegender Feder skizzierte Köpfe, und ich überlegte hin und her, ob die Anstrengung des Denkens, Folgerns, die Rigorosität des Ausschließens oder die Versenkung in Details, die von niemandem gewürdigt werden konnten, ob alle diese Mühen und Selbstquälereien im leeren Raum diese Formen hervorgebracht hatten oder ob es eine Anziehungskraft der Wissenschaft auf solche Köpfe gab. Ohne jede Vorwarnung sprang Robert Mayer am 28. Mai 1850 aus dem Fenster; Ampère verbrannte seine Abhandlung über die Zukunft der Chemie im Glauben, sie unter teuflischem Einfluß verfaßt zu haben; Cavendish verkehrte nur auf Zetteln mit seiner Umwelt; Auguste Comte wollte sich ins Wasser stürzen, um zu beweisen, daß er nicht unterging; Helmholtz hatte einen riesigen Wasserkopf; Diderot vergaß alles, Zeit, Stunde, Menschen, Bekannte...

Jeder einzelne Kopf war eindrucksvoll. Jedes einzelne Genie ist eindrucksvoll. Alle zusammen bildeten sie etwas wie die bizarre Sammlung eines manieristischen Fürsten, von Spiritusembryos mit Mißbildungen, marmorierten Knochen, Foltergeräten, tierähnlichen Pflanzen und Steinen und trismegistischen Kultgegenständen.

Disneyland erschien mir dagegen als eine Einrichtung zur Befriedigung wirklicher Wünsche: nach Prahlsucht, Schadenfreude, Dumm-Fressen, fesselsprengender Liebe, Freundschaft mit Feinden, begründetem Stolz, bequemem Lustgewinn, Todesangst und Tod. Dicht schob sich das offene Boot durch den grünen Pelzärmel des Dschungelflusses mit naturgetreuen Elefanten, Krokodilen, schlangenbaumelnden und dicht behaarten Pflanzen, Blasrohr-Wilden und dem schnellen Zuwachsen nach hinten, jede

Rückkehr verwehrend: Sponsored Dole Pineapple Co. Darüber erhob sich aus täuschendem Borkenbeton ein Kinderabenteuer, das Schweizer Baumhaus – fliegende Küche, rittlings wohnen, rücklings auf runden Ästen über dem grünen Wasser schlafen: So wollen wir lieben. Die Country Bear Jamboree war wieder dem einfältigen Humor gewidmet, dem Pianistenbär, wie er sorgenvoll die Nase auf die Tasten senkt, Gitarrenbär, jämmerlich zum Himmel aufheulend vor dem rollenden Augenweiß des Elchkopfs an der Wand: tröstet euch, Hinterwäldler – Sponsored by Wonderbread Co. Im Spukhaus grapschen die Ängste vom alten Europa, dieses Einfach-nicht-begreifen-Können aller dieser Künste und Spekulationen und seiner schlamm- und juwelenblinkernden Vorgeschichte – züchtige uns, Mutter, und werde gezüchtigt, vom Piraten mit Augenklappe, Enterhaken steif nach vorn, mit einem Sprung im dickbusigen Straßenkreuzer: Sponsored by Smith & Wesson, Gunsmiths. Und dann der falsche Liebreiz von Schneewittchen beweint, und der falsche Liebreiz von Dornröschen beweint, und das falsche Grinsen der Chesterkatze, die halb nicht mehr da ist, gefürchtet, und die Endangst schließlich, namenlos, vor der Gewaltsamkeit, dem Herzstillstand nie gekannter Kräfte im Space-Mountain, vor Tod und Alleinsein: Sponsored by Limbo Cola.

Die Walt Disney Story, die auch viele andere historische Einlagen zu bieten hat, zeigt in Lebensgröße ›Great Moments with Mr. Lincoln‹ und wird von der Gulf Oil Company finanziert. Man erlebt dort, wie Lincoln seine Gettysburg-Rede hält, die die praktische Dauer von zwei Minuten hat, und daß große Redner etwas eigentümlich Schnappendes, durch die Kunststoffgelenke ihrer Kiefer Eingeschränktes in ihrer Mimik haben. Darauf kam ich zurück, als ich in Atlantic City R. B. Woodward über seine spektakuläre Vitamin-B_{12}-Synthese sprechen hörte und sah. Auch er hatte diese Besonderheit, obgleich er ein eleganter Redner war. Plötzlich war er wieder wach, der alte Gedanke: Was wäre, wenn wir alle Automaten wären? Der Gedanke wurde auf einmal anschaulich. Die Antwort: Nichts. Kein Unterschied. Alles bliebe, wie es ist. Die Wirksamkeit, planvolles Handeln, Ineinanderverzahntsein der Systeme, sogar die Fehler und Pannen. Ich verfolgte, wie Woodward von einer Substitution *mit* Inversion sprach, während er zugleich eine Substitution *ohne* Inversion an die Tafel malte, und hörte das Tuscheln ehrerbietiger Wissenschaftler, was nun richtig sei, während Woodward mit sonderbar starrem Lächeln die Synthese zu Ende führte. Am Ende war das Asymmetriezentrum verschwunden. Die Differenz hatte sich aufgelöst. Es war ein durch die hohe Geschwindigkeit der ruckenden Ja/Nein-Entscheidungen ganz flüssig gewordener Prozeß – wie ein

Fernsehbild. Anschließend bewegten sich viele hundert Kongreßteilnehmer sanft schaukelnd in ihren Autos zum ›Energy House‹ in der Vorstadt und stauten und drängten sich vor diesem kleinen Gebäude, das wegen der Isolation nur eine sehr schmale Eingangstür hatte. Es trug einen hohen Schild aus Solarzellen, doppelt so hoch wie das Dach, und war im Inneren zur Hälfte mit Wärmespeichern ausgefüllt, auf denen man wie auf der Bank eines ländlichen Kachelofens saß und die Arme verschränkte. Das war Anfang November.

Ich wollte nach Omaha. Ich war mit meinem Zwei-Monats-Ticket nach New Orleans geflogen, Touristen-Schenkelklatschen, ein nacktes Bein aus einem Fenster ragend, Häuser mit eisernen Spitzenschleiern, ockerfarbene Häuser, pockennarbig, große Placken von abgefallenem Putz, gleichgültig hinter handtuchgroßen messergeschlitzten Bananenblättern; nach St. Louis unter dem Bogen; nach Philadelphia in den Klassizismus, in die Eleganz, daß die Bewohner wie auf Zehenspitzen gingen; und wieder nach Westen. In Kellogg's Motel in Kansas City saß beim Frühstück ein Ehepaar, das nach Omaha wollte, zum zehnten Hochzeitstag nach Omaha, Nebraska, über Des Moines.

»We'll be glad to take you along.«

Zum zehnten Hochzeitstag nach Omaha? Sie kamen aus Florida und wollten das Strategische Bomberkommando bestaunen. Eine magere Frau in einem grüngelb geblümten Kleid, ein dicker Mann mit ebenso geblümtem Freizeithemd. Das Cadillac-Lenkrad schubberte an seinem Bauch, die Hängebacken schaukelten mit den Unebenheiten.

Sie waren freundlich, liebevoll fast, nannten mich »my boy«. Daß ich Amerika mit solcher Leidenschaft bereiste, schmeichelte ihnen. »It's a great country«, sagte der Mann.

Kurz bevor wir nach Tulsa kamen, begannen sie sich darüber zu streiten, ob Nixons Frau Pat von ihrem Mann in Staatsgeheimnisse eingeweiht werden dürfe oder nicht. Die Frau war dafür; man soll alles teilen. Er war dagegen; sowas is nix für Frauen. Was ich dazu meinte.

Ich war ganz ähnlicher Ansicht wie der Mann, und trotzdem wurde es schlecht aufgenommen. Ich sagte, vielleicht sei Nixons Frau sehr froh, wenn sie nichts wüßte.

»What d'ya mean?«

Naja, diese krummen Sachen, die passieren.

»Crooked things?« fragte der Mann aus seinem sehr stark gebräunten Kahlkopf heraus und drehte langsam sein Gesicht zu mir hin, fast nach hinten. Es war eine schnurgerade leere Straße und beiderseits Mais.

»Glauben Sie, daß Nixon eine weiße Weste hat?«

Die Frau sagte, darum ginge es nicht. »Er hat ganz

recht, wenn er den Kommunisten Wanzen ins Hauptquartier setzt. Man muß doch wissen, was vorgeht.«

Ich schwieg, ließ mich sanft und surrend wiegen. Mit allen technischen Mitteln gegen den Feind. In Omaha saßen zwei Luftwaffengenerale in ihren glänzenden, keimfreien Büros, die hatten die Füße auf den Schreibtischen und starrten auf ihre roten Telefone. Jeder hatte einen Schlüssel zum Scharfmachen der Bomben. Sie wurden nur scharf, wenn beide Schlüssel gedreht wurden. Darin bestand die Sicherheit. Aber auch sehr friedfertige Menschen werden von solchen Massen hochorganisierter Gewalt, wie sie sich dann in die Luft erheben, auf eine rauschhafte Weise beeindruckt.

Die mit großer Gelassenheit schnarrende Stimme des Mannes im Blumenhemd. Die puritanische, randlose Brille der geblümten Frau. Das Wiegen und Schnurren des Cadillac. Die tödliche Sicherheit. Es wird keine Wut, kein Entsetzen, keinen Paroxysmus mehr geben, nur noch gefrorenes Lächeln.

Ich sagte, jetzt sei es erwiesen, Nixon habe auch den Einbruch bei Ellsbergs Psychiater befohlen, um ihn zu kompromittieren.

»Ellsberg?« fragte der Mann, »ist das nicht dieser Jude, der unseren Vietnam-Plan verraten hat?«

»Der Plan war heller Wahnsinn. Die Generäle dachten sogar an Atombomben. Amerika ist ein gerechtes Land. Es gibt Bürgerrechte.«

»Wollen Sie sagen, daß dieser Ellsberg Rechte hat?«

»Er ist U.S.-Bürger, also hat er Bürgerrechte.«

Es entstand eine kleine Pause. Man hörte fast nur Fahrtwind, man sah die hunderttausend gelben Maiskolben, die obszön in ihren Futteralen steckten, man spürte eine Wellenbewegung wie auf einem großen, springenden Tier.

Plötzlich fuhr der Kopf der Frau herum, und sie starrte mich auf meinem Rücksitz an. Ihr Mund öffnete sich, ihre Augen weiteten sich, ihr Gesicht bekam eine geisterhafte Blässe. Sie schrie: »Jesus, a pinky!« Der Mann trat so scharf auf die Bremse, daß sich das Steuerrad tief in seinem Bauch eingrub, daß die Frau sich mit beiden Händen nach vorne abstützte und mein Gesicht für einen Augenblick gegen das geblümte Freizeithemd geschleudert wurde. Ohne sich umzudrehen, sagte der Mann:

»You get out of my car immediately.«

Während ich ausstieg, meinen Seesack hinter mir schleifend, schrie die Frau in einem Diskant wie Schmirgelpapier: »Sie gehören elektrisch hingerichtet, wie alle anderen Commies. Wie alle! Alle! Dean, Ellsberg, McGovern, alle gehören ausgelöscht! Wir werden saubermachen! Wir werden Amerika von euch säubern!«

Der Mann wartete, bis sie das alles gesagt hatte, dann drückte er so auf die Tube, wie er gebremst hatte. Der Wagen heulte auf, die Hinterräder schleuderten einen Strahl von heißem Staub und Gummiabrieb gegen mich, und die große Karosserie entfernte sich raketenhaft in Richtung Omaha, wo das Bomberkommando in Bereitschaft lag.

Ich wanderte auf der Straße, in der Richtung, in der der Wagen gefahren war. Es war alles gleich, auch umgekehrt. Sehr selten ein Fahrzeug, immer das Tempo verlangsamend, verwirrt, über den Anblick eines Fußgängers rätselnd, aber ohne anzuhalten. Den Seesack schleifte ich oder warf ihn von einer Schulter zur anderen. »Running Fence«, dachte ich, diese statische Flucht durch die entsetzlich endlose Landschaft. Also dahin ist es mit dir gekommen, dachte ich, schnell fortschreitend in einer Gegend, in der Fortschritt nichts bedeutet. Auch kein Zeitmaßstab mehr. Irgendwann, am Vormittag oder Nachmittag, stand ich an einer Kreuzung, wo es nach Indianola abzweigte, von der Hauptrichtung Omaha. Da hockte ich mich hin. Lastwagen und Halftrucks nehmen einen eher mit. Aber es kamen nur Limousinen, ganz eingekapselt. Ich wollte mich schon wieder aufmachen, da hielt ein buntes Auto, ein VW-Bus. Allan und Joan, ein Hippiepärchen. Sie kannten mich, ich kannte sie nicht; sie kannten mich von *Ecohio,* ich erinnerte mich nicht an sie. Zwanzig Meilen vor Omaha wurden wir zum erstenmal von der Polizei angehalten. Der erste Gedanke war, daß in der Gegend, wo das SAC-Kommando war, und nach den vielen hin- und herschießenden Militärfahrzeugen, auch noch andere Kriegseinrichtungen waren und Hippies nicht gern gesehen wurden. Es kam bald so, daß ein Polizeiwagen uns in einem Abstand folgte, immer wieder dichtauf, als wollte er uns mit Nasenstübern antreiben. Allan fuhr schneller, Joan legte beruhigend ihre Hand auf seinen Arm. Nach einiger Zeit war auch vor uns ein Polizeiauto. Alle drei fuhren wir immer schneller.

»You know, first thing, they're going to fine us for speeding, and then for sabotage.« Kriegen tun sie uns auf jeden Fall. Erst mal fürs Rasen, dann wegen Sabotage. Allan war blaß, er hatte Erinnerungen, seine Hände krampften sich um das Steuerrad. An der Stadtgrenze von Omaha hatten sie uns soweit. Wir mußten vor einer Baracke halten, wo noch andere Polizisten rumlungerten, die sofort auf den VW-Bus lossprangen, uns drei an den Handgelenken rauszerrten; aber Allan und Joan ließen sie bald wieder los und sagten, los, die sollten abhauen. Achso! Joan – sie war schön und langhaarig, lange schwarze Haare – nahm meine Hand in ihre beiden und schaute mich traurig an. »For God's sake, it's *you* they want!« – Die wollten *mich*! Allan reichte mir den Seesack raus. Joan gab mir einen schnellen, aber sehr warmen Kuß. Ich schüttelte den Kopf schwindelig. Dann stand ich allein da und war schon eskortiert von zweien, die »Buster« zu mir sagten. »Du kommst mal schön mit uns, Buster.«

In diesen Wochen hörte man überall aus den Fenstern, aus den Transistorradios der Fußgänger und aus den Autos heraus die Übertragungen des Ervin-Komitees, das vom Kongreß zur Aufklärung der Watergate-Affäre und zur Vorbereitung der Präsidentenabsetzung eingerichtet worden war. Sam Ervin, mit seiner ruhigen, ja unerschütterlichen Südstaatlerstimme:

»Mister McCord, sind Sie sich der Tragweite Ihrer Aussage voll bewußt?«

Die Verhandlungen, Referate und Kreuzverhöre vor diesem Komitee bestimmten in den folgenden Tagen meine gesamte Wahrnehmung in meiner dunklen Zelle am Stadtrand von Omaha, Nebraska. Abgesehen davon hörte man nur hin und wieder einen Fluch, das Zischen einer Bierdose, die geöffnet wurde, oder das jammervoll blecherne Geräusch, wenn sie leer in die Ecke gepfeffert wurde. Ich verstand bei weitem nicht alles, die Wand ließ die meisten Geräusche durch, aber sie verzerrte sie; dazu kam der Südstaatler-Drawl von Ervin und anderen Komiteemitgliedern. Es war stickig heiß in meiner Zelle, ich schlief oft ein oder döste vor mich hin. Einmal schreckte ich von einem heftigen Getümmel auf, das in meinen Nachbarzellen stattfand. Männer fluchten wild oder lachten hysterisch, und es war viel Scharren und Gemurmel – dazu, überlaut eingestellt, das Radio, oder Fernsehen, ein durch viele Pausen unterbrochenes und doch immer erregteres Verhör. Haldemans früherer Sekretär Butterfield hatte die Existenz der Tonbänder enthüllt. Ein ungeheurer Tumult erhob sich sowohl in meinem Nebenzimmer wie auch im Verhandlungsraum des Komitees. Ich hörte, wie sich Senator Ervin, sowohl in meinem Nebenzimmer wie im Verhandlungsraum des Komitees, durch laute Hammerschläge Respekt verschaffte. Dann eine andere Stimme und die Frage:

»Mister Butterfield, are you aware that there have been listening devices in the Oval Office of the President?«

Wieder eine Stille, zum Zerreißen gespannt. Dann wieder eine andere Stimme, mit einer gläsernen, zerbrechlichen Tonlosigkeit:

»I was aware of the listening devices, yes Sir.«

Jemand, der unmittelbar an der anderen Seite meiner Wand – wohl einer Holzwand – lehnte, machte eine Bewegung, daß sie knackend vibrierte, und schrie laut: »No! No!« Es entstand ein neuer, betäubender, verblüffender Lärm an beiden Enden dieser Übertragung. Etwas Entscheidendes mußte vorgefallen sein.

Ich war sofort nach meiner Festnahme am Tag zuvor von einem drahtigen, dunklen Mann mit merkwürdig grüngelber Haut zwei Stunden lang verhört worden. Ein riesiger schwarzer Polizist stand dabei vor der Tür, im Türrahmen, den er ganz ausfüllte, und spielte mit seinem Revolver herum. Der drahtige Typ räkelte sich auf einem verschlissenen Sessel hinter dem Schreibtisch. Er hatte zwei Aktenordner vor sich, in denen er eifrig und unsystematisch blätterte. Er stellte Fragen, die mir unverständlich waren. Wann ich den Ex-Polizisten Tony Ulasewicz in New York getroffen hätte, ob ich von einer braunen Papiertüte mit 100.000 Dollar Inhalt wisse, die in einer bestimmten Telefonzelle deponiert worden sei, ob ich in Miami einen Mr. Martinez kennengelernt hätte, wie mein Verhältnis zu einem gewissen Mr. Segretti gewesen sei, wo ich am 17. September 1972 und wo nach dem 21. März 1973 gewesen sei, und durch welche Organisation ich in die Vereinigten Staaten geschickt worden sei. Alles dies beantwortete ich mit der größten Harmlosigkeit, »don't know a thing about it«, es sei gewiß alles ein einziges Mißverständnis.

»Und die Demonstration der *Ecohio* in Cleveland, am 11. September '72 – davon haben Sie auch keine Ahnung, was?«

Das hatten sie rausgekriegt. Die hatten von ihren Hubschraubern aus fotografiert. Nun gut, ich erzählte darüber, was zu erzählen war – von der Zufallsbekanntschaft mit Keith und Zoe, und daß ich in diese Unternehmung hineingezogen worden war.

Der olivfarbene Beamte grinste hochmütig. Also ganz harmlos, planlos, alles nur Zufall, sagte er. Und wie sei es in der Sache Kellogg gewesen?

»Kellogg?«

Ja, Kellogg. Was ich über den Unfall im Krankenhaus in Denver wisse, den Histaminstoß, der für ihn hätte tödlich sein können.

Ich war zugleich verblüfft und erschrocken. Offenbar wußten die über jeden Schritt Bescheid, den ich getan hatte. Zum Beispiel, daß jener Zwischenfall sich während der Mucus-Party ereignet hatte und daß die lokale Zeitung ihn auf eine hanebüchene Weise entstellt hatte. Welche Rolle hätte ich dabei gespielt? Ich wüßte doch wohl, daß Mr. Kellogg Journalist der ›Washington Post‹ sei und daß er seinen schweren Asthmarückfall bekommen hatte, als er sich mit Recherchen in San Francisco beschäftigte – Recherchen, betreffend einen Einbruch in die Praxis eines bestimmten Psychiaters.

»Ellsberg?«

Der Mann grinste wieder. »Du sagst es, Baby.« Zweifellos hatten die beiden Cadillac-Touristen mit ihrer geblümten Kleidung sofort Meldung über mich erstattet. Alles hing hier zusammen. Die Weiträumigkeit einzelner Ereignisse, in die ich verstrickt war, machte mich erst richtig verdächtig. Oder nicht? Ich sagte dem drahtigen Verhörer genau, was ich wußte – es war nicht viel. Ständig in der Versuchung, etwas zu gestehen, was ich nicht getan und gewußt hatte, so wie er es erwartete.

Worum ging es überhaupt? Mit wem wurde ich hier verwechselt? Forschten sie einem Gangster-Ring nach? Forschten sie ihm nach, um ihn aufzudecken oder um ihn zu schützen? Wie vermischten sich hier Unterwelt und Politik? Ich erfuhr das alles nicht. Ich tappte über meine eigenen Verwicklungen völlig im Dunklen.

Zwei Tage später wurde ich freigelassen. Noch einmal wurde ich von dem drahtigen, olivfarbenen Beamten – er hieß Munoz – vernommen. Diesmal saß hinter ihm noch ein anderer, noch jüngerer Mann, der durch seine goldblitzende Brille fortwährend mein Gesicht durchforschte. Meine Angaben vom ersten Verhör wurden mir vorgelesen, ich sollte sie bestätigen. Ich wurde noch einmal nach meiner Tätigkeit im Krankenhaus und über die Art meines Forschungsprojektes ausgefragt. Schließlich wurde ich von Munoz sehr dringlich, mit einem scharfen, drohenden Unterton, ermahnt, keine »Zicken« zu machen – »no hanky panky, understand?« Der bullige Polizist trat ein, er trug meinen Seesack, ich mußte mehrere Papiere unterschreiben, die mich, soweit ich das in der Eile lesen konnte, zu strenger Geheimhaltung verpflichteten. Munoz erhob sich und machte einen Schritt zur Seite. Die Goldbrille erhob sich und näherte sich mir bis auf einen Meter. Er sagte:

»Mister Reiter, we sure hope you've got our message.«

Ich wußte noch immer nicht, was für eine »Botschaft« er meinte, er gab einen Wink, worauf der Polizist mich am Arm packte und mich sehr schnell wie ein Möbel auf Rollen hinausbugsierte. Auf der Straße gab er mir einen Stoß. Er hatte eine eigentümliche Fistelstimme, krähend, wie die eines Liliputaners.

»You goddam Kraut, get the hell outa here. And don't you ever get caught again – or else ...«

Aber *wobei* sollte ich mich nicht mehr erwischen lassen?

VII

Plötzlich sprangen Ergebnisse raus. Über ein Jahr hatte ich mich abgemüht, an vielen Orten, aus den Blickwinkeln vieler Wissenschaften, eine deutlich umrissene Funktion des Mucus zu erkennen. Nichts zu machen. Tasten, waten, Fleiß. In Mellows Labor in Columbus kochten sie weiterhin Polysaccharide, eins nach dem anderen, brav brav. Aus der Körperverteilung der markierten Substanzen von Corvin Starr aus Santa Barbara ließ sich auch kein Reiseziel ausmachen. Bei Dr. Hershkovitz hatte sich nur gezeigt, daß die Tiere durch künstlichen Magenschleim noch massiver als sonst von Geschwüren befallen wurden; er sah sich nach anderen Anwendungen um. Bei Sheila Backhus war die Ergebnislosigkeit schon während der Arbeit zu sehen gewesen. – Ich hatte nicht viel erwartet und wurde nur schwach enttäuscht.

Nun aber ratterte das Rechenprogramm der Universität von Austin eine Unregelmäßigkeit, etwas nicht in den üblichen Rahmen Passendes heraus; das war wohl folgenreich; die Hypothese, die daraus erwuchs, roch nach Sensation. Selbst die Methode, durch die sie erreicht worden war, eröffnete ringsum Neuland.

Soso. Aaha. Ein Resultat. Mal ne Abwechslung.

Wie kommt es nur, daß es mich kalt läßt.

Ich richtete die Frage an Esther. Ich hatte Esther in Atlantic City wiedergetroffen, wo sie, ebenso distanziert wie ich, wenn auch aus anderen Gründen, am Kongreß der Biotechniker teilnahm. Die Rolle des Mucus. Ich hatte die Neuigkeit frisch aus Austin mitgebracht. Dr. Thurber kam deshalb einen Tag später zum Kongreß.

Wir wanderten klappernd – die Bohlen liegen lose – in einer blassen Festtagsstimmung auf dem Boardwalk, wir überholten die langsam geschobenen Mumien auf Gummirädern, durch weiches Taubengewimmel. Eine Weile schauten wir den Vorführungen eines Hypnotiseurs zu, die in einem aufgegebenen Frisiersalon stattfanden. *Kaganowitsch beugt jeden Willen.* Der knochige, hohläugige Mann in einer Art Tänzerkostüm winkte eine Dame aus dem Publikum unwiderstehlich auf den Friseurstuhl, wo er sie schnell in ein in sich zusammengesunkenes Kleiderbündel verwandelte. Auf Kommando hob sich daraus ein Arm oder Bein.

Wie kommt's nur, daß es mich so kalt läßt?

Du verlangst zuviel, sagte Esther. Die Wissenschaft hat so viel nicht zu bieten. Der klapprige Glied-um-Glied-Ablauf. Es geht eine Öde davon aus.

Wird nichts erklärt, nur zurückgeführt. Ein Nachfolgendes auf ein Vorhergehendes zurückgeführt.

Was sind Erklärungen anderes?

Ja, was sind sie anderes. Man will wohl ergriffen werden.

Oder ist es bloß Ermüdung, ist das Verstehen nur die Ermüdung, nach viel zu vielen rückwärts führenden Zickzackschritten?

Frage dich, woher die Mittelohrentzündung kommt, wenn deine Mutter dich nicht versteht.

Ich mußte grinsen. Die Psychoanalyse. Liefert die schönsten Erklärungen, die allerschönsten. Alle Wissenschaftler haben eine Psyche. Die Psyche ignoriert jede andere Wissenschaft. So ging es mit allen: jede schloß jede andere aus. Es gab nur die *eine* richtige Lösung. Also. Und, was suchte ich? Sanfte Gewißheit? Den Biologen, der seine Kunst musikalisch betrieb? Den Physiker, bei der alles entscheidenden Messung im heftigsten Liebesspiel? Suchte ich einen Chemie-Dichter? Ich wußte nicht genau, was ich suchte. Aufhebung der Gegensätze, nein, das war's bestimmt nicht. Ich sammelte Material. Ich hörte Radio. Ich sah im Fernsehen das Schwirren entfernter Erregungen, tödliche Folgen, Wissenschaftspolitik, Zusammenhänge in einem weit gespannten Netz. Experimente, die »B« sagen. Die stoffliche Steuerung. Der abstrakte Raster. Die Weisheit stellt sich manchmal taub. Eine eigentümlich bornierte Sehweise ermöglicht das Überleben. Totales Gedächtnis ist tödlich. Der Zufall als Leithammel. Serendipity. Diese Wissenschaft, herumwehend, das wirklich Neue unbeachtet wie Grassamen an der Hose.

Und dazu die Politik.

Seit ich aus dem unwirtlichen, pistolenschlenkernden Omaha nach Denver wie in die alte Heimat zurückgekehrt war, lag überall Politik in der Luft, auf der Zunge. Verbrechen im Weißen Haus. Das Komitee zur Absetzung des Präsidenten – und Undenkbares denken. In den Frühstücksbars, vor den Mattscheiben, hinter den Lenkrädern – wie da pausenlos darüber berichtet wurde – eine Verstörung. Daß Politiker Gauner sind, war immer das übliche Gerede. Aber von da in die Wirklichkeit, das war was anderes. Das war ein Alptraum.

»Ich bin kein Gauner«, sagte der Präsident.

Der Präsident, der sich als Gossen-Machiavelli aufführt. Lückenlos auf Tonband. Die idiotische Eitelkeit dieser Tonbandaufnahmen, als ob einer sein Scheißen und Pissen für die Nachwelt aufhebt.

»Wir werden diesen gottverfluchten Mutterf... (Auslassung) so auf die Finger hauen, daß er sie nicht mal in sein eigenes Ar... (Auslassung) mehr reinkriegt. Dieser linke Wich... (Auslassung) hat auch keinen Heiligenschein am Schw... (Auslassung).« Plötzlich kaum eine denkbare Untat, die das Weiße Haus nicht wenigstens erwogen hat. Betrug, Bestechung, Amtsanmaßung, moralische Erniedrigung, Verbrechensverschleierung, Meineid, Existenzzerstörung, Rufmord und Mord. Alles mit seinem halben oder ganzen Wissen. Ein Monstrum, ein Wahnsinniger, Herr über Krieg und Frieden.

Ich erfuhr nachträglich, was es mit den Namen auf sich hatte, die mir die Polizisten in Omaha vorgehalten hatten. Tony Ulasiewicz. Ehemaliger Polizist. Hatte im Auftrag von John Mitchell, der zugleich Justizminister und Dienstherr von kriminellen Sabotagetrupps war, braune Packpapiertüten voll Geld in vereinbarten Telefonzellen oder Gepäckschließfächern zu deponieren. Die Packpapiertüten waren mit Büroklammern zugesteckt, damit nicht jeder reingucken konnte im Bus oder in der U-Bahn. Einmal regnete es stark, als Ulasiewicz mit einer Packpapiertüte unterwegs war. Er mußte umkehren und den ganzen Abend lang Geldscheine mit einem Fön trocknen.

»Haben Sie sich nie für den Empfänger dieser riesigen Geldsummen interessiert, Mister Ulasiewicz?« Er schüttelte erstaunt den Kopf. Ein korrekter Beamter außer Diensten. Nicht eine einzige Zwanzig-Dollar-Note hatte er für sich behalten. Er beschwerte sich vor dem Komitee über seine schlechte Bezahlung.

Donald H. Segretti. Früherer Anwalt im Schatzamt. Hatte den Auftrag, demokratische Politiker in Verruf zu bringen. Warb andere Schmutzschleudern an: »What fun that will be!« Schickte Briefchen an Senator Muskie, in denen er an vorgebliche homosexuelle Abenteuer erinnerte. Muskie aus Maine. Phantasievolle Briefchen. Zeitweise habe Muskie zwei Schwänze zugleich in Arbeit gehabt, auch von Tieren; sich beim Essen des heimischen Clam-Chowder unter dem Tisch von Strichjungen befriedigen lassen. Die Briefchen gingen in Kopie an Provinzzeitungen. Oft lagen verdeutlichende Fotos bei.

Natürlich kannte ich diese Leute nicht. War doch Unsinn, ein absurder Irrtum, und doch nicht. Ein gewisser Zusammenhang. Man wurde dennoch schmerzhaft mit dem Kopf darauf gestoßen: alles Experimente. Angewandte Wissenschaft! Es besteht ein Zusammenhang zwischen der Amok laufenden Macht und technologischer Intelligenz. Schaltknopf und Regelschieber. Je mieser, desto wirksamer. Die blutige Konsequenz. Abderhalden demonstrierte den Blutdruck eines Pferdes, indem er einen Assistenten in die Halsschlagader stechen ließ, und sofort ein senkrechtes Zehn-Meter-Rohr in die Wunde steckte: Die Blutfontäne schoß durch das Rohr, zehn Meter hoch, und erhob sich noch eine Handbreit darüber, rhythmisch, wie der Herzschlag. Abderhalden hatte einen blutigen Ärmel.

Der Wunsch, Leiden zu mildern, sagt Szent Görgi, ist in der Forschung von geringem Wert. Die Forschung braucht Egoisten. Wissenschaftliches Denken, sagt Bertrand Russell, ist Machtdenken. Wie strahlend darf der Rationalismus sein, daß die Schatten des Unbekannten, die der Welt Räumlichkeit und Tiefe verleihen, nicht von der Helligkeit aufgezehrt werden?

In San Diego hatte ein zwanzigjähriger Mann sich alle Zähne rausreißen und durch künstliche ersetzen lassen. Der Mann hieß Dwight McArthur Puterbaugh. Er machte Schule, die Dentisten kamen kaum nach. McGuire wollte weitergehen. Seit langem experimentierte er mit Kunstherzen, Blutgefäßen, mit miniaturisierten Blutwäschevorrichtungen als Nierenersatz. Alles sehr anregend das. Stell dir vor, die Überraschung nach einem Verkehrsunfall, wenn du den ohnmächtigen Schwerverletzten aufmachst, um ihn mit einem Ersatzorgan auszustatten – und er hat schon alles drin, aus Stahl und Kunststoff. Und, was wäre einzuwenden? – Ich lebte ein resümierendes Leben in Denver, der meilenhohen Stadt, und hatte den Geschmack von synthetischem Spülmittel im Mund, oder von sonst was Desinfizierendem, nachdem ich zwei Monate kreuz und quer durch Amerika meinen Mittags-Cheeseburger stets bei Burger-King eingenommen hatte.

Diese Auswertungen dauerten wochenlang. Jeffries hatte mir ein Büro neben seinem ausräumen lassen, weil ich sonst die Stöße von Zeitschriften, Sonderdrucken, Monografien und die Stapel hoher kippender Computer-Ausdrucke nicht hätte unterbringen können. Ich hatte viel mehr, als ich brauchte. Wer weiß denn vorher, was er braucht? Ich versuchte durch ein Nummernsystem Übersicht zu gewinnen. Etwas in ein System zu bringen ist mir immer schwergefallen, und eigentlich wollte ich's auch nicht.

21/119: 17. Aspen. Lungen-Konferenz. Dr. Reiß: Glauben Sie, daß der Hundelungen-Inhibitor dem Alpha-zwei-Makroglobulin-Inhibitor ähnlich ist? Dr. Tuttle: Wir haben mit Lungen-Oberflächenprotein gearbeitet und finden ein Protein, das unserer Ansicht nach Alpha-eins-Antitrypsin sein kann.

30/117: Zur ineinandergreifenden Mechanik. Su Sungs astronomischer Uhrturm war zehn Meter hoch. Im Gehäuse war ein Wasserrad, das von einem sorgsam gesteuerten Wasserstrom gleichmäßig tropfend angetrieben wurde, wobei die Eimer des Rades sich langsam füllten. Alle Viertelstunden wurden die Eimer so schwer, daß ein Hemm-Mechanismus sich löste, und nun entlud sich der ganze Turm in kakophonischer Aktivität unter großem Quietschen und Stöhnen der Räder und Hebel. Oben auf dem Turm drehte sich das Beobachtungsinstrument, um mit dem bewegten Himmel Schritt zu halten. In einer darunterliegenden Kammer drehte sich zugleich ein astronomischer Globus, auf dem der Astronom den Auf- und Untergang der Sterne und Planeten im kleinen sehen konnte, ohne hinauszutreten. Vorne am Turm war eine kleine Pagode mit vielen Türen übereinander. Zu bestimmten Zeiten, jedesmal, wenn die Hemmung sich löste, öffneten sich die Türen, und kleine Püppchen kamen heraus mit Tafeln, auf denen die Tag- und Nachtstunde stand, wobei sie mit Glöckchen läuteten und Cymbals und Gongs schlugen.

21/103: Mayo Clinic Proceedings, Horace W. Davenport: Als ich in die Mayo Clinic kam, um mein Sabbatical zu verbringen, war ich total erschöpft und am toten Punkt mit meiner Forschung über den Mechanismus der Säuresekretion im Mucus. Ich bat Charlie Code, mich wie einen Stipendiaten zu behandeln und mir ein Problem zu geben. Das tat er.

Zu Hause, bei Munros, unter der Dachschräge, stand ich vor dem Kleiderschrank, räumte Wäsche von links nach rechts, sortierte Abgetragenes aus. Ich lebte ein resümierendes Leben. Amerikanische Hosen halten ein Jahr, amerikanische Hemden ein halbes. Eine Phase des Ordnens. Abhaken, Erledigen. Ich heftete Korrespondenz in Aktenordner, ordnete Belege für die Steuererklärung, strammte mit Reißnägeln das Fliegengitter am Fenster, wo es sich abgelöst und Schlupflöcher geöffnet hatte. Anzüge reinigen. Als ich die Taschen leerte, fiel mir das Kärtchen »John I love you« in die Hände. Plötzlich wußte ich, woher es kam. Am nächsten Tag ging ich zu einer Zeit ins Hauptbüro, zu der man dort gewöhnlich keine Kundschaft vorfand, und fragte Laureen, ob sie abends mit mir ins Kino wollte. Sie strahlte mich kalt an. Sure, be glad to.

Ich sagte »darling« zu ihr. Sie zu mir »honey«. Das bedeutet nichts. Im Kino legte ich meine rechte Hand um ihre rechte Brust, während wir Stanley Kubricks ›Clockwork Orange‹ sahen. Sie legte ihre Hand zwischen meine Beine. Wir waren fast wortlos. In ihrem Auto fuhren wir zu meiner Wohnung, stiegen auf Zehenspitzen die Treppe hinauf. Munros waren um zehn im Bett, wir um halb zwölf. Laureen seufzte und entwickelte große Zärtlichkeit. Sie blühte auf mit abschmelzendem Make-up. Sie vibrierte wie ein laufendes Motorrad und sagte kluge Dinge über die Lust. Ich war überrascht und hätte die Geschichte gern fortgesetzt. Aber sehr früh morgens, um Mrs. Munro zuvorzukommen, die um sechs Uhr dreißig aufstand, stellte Laureen mit Hilfe ihres Beauty-Köfferchens ihre Makellosigkeit und Beschränktheit wieder her, lächelte ein himmlisches Good-bye und ging auf keinen meiner Vorschläge mehr ein.

»Was würde ich nicht tun, um dich wieder seufzen zu hören.«

Sie sagte »honey« zu mir und brachte die unverschämtesten Ausreden vor. Es erstaunte mich, daß gerade Laureen solche Entzugsleiden in mir verursachen konnte. War es dieselbe? Die Laureen im Sekretariat kränkte mich durch ihre Beschränktheit, die Laureen der Nacht vergaß ich nicht. Wo nach ihr suchen?

Zusammenfassen heißt alles zugleich erinnern. Man muß das Gedächtnis trainieren. Ein frühes Interesse kehrte zurück. War ich das, Nichtgesicht, einer, an den man sich nicht erinnert – also auch ich selbst nicht? Wohin ist die Person entschwunden? Der Hell-Dunkel-Erinnerungsstoff des Professors Unger.

13/1008: Die einzige nachweislich gedächtnissteigernde Droge ist Strychnin. Die Kenntnis dieser Tatsache, die nicht sehr verbreitet ist, erlaubte den Hergang eines Giftmordes aufzuklären, der sich vor zehn Jahren in Buffalo ereignet hatte. Ein Dr. Alonso Cugan war es, ein praktischer Arzt, der den jungen Dr. James Turing, seinen doppelten Nebenbuhler, mit Strychnin umbrachte. Doppelt, als konkurrierender Arzt und Liebhaber. Der Fall schien klar und war es nicht. Die Dosis Strychnin, die täglich verabreicht wurde, lag bei 3 mg. Toxische Dosen sind aber mindestens 10 mg, auch bei längerer Verabreichung. Dr. Cugan war wegen des Giftes verurteilt, in der nächsten Instanz wegen der unzureichenden Gift*menge* freigesprochen worden. Nun wußte ich, daß er dennoch schuldig war. Aber was für eine qualvoll glückselige Zeit muß Dr. Turing auf dem Weg zum Ende noch erlebt haben: *Plötzlich brennend nah der gestrige Tag!* Alle Eindrücke bleibend, wie in

Zement, oder knackend hell, Fußtritte unterm frostigen Mond, Gesichter unzählbarer, ganz fremder Menschen dicht, Bücher, Bilder im Inneren umzublättern, zum Vor-sich-her-Schieben ablesbar, gleich deutlich alles, alles übereinander, Häuser, Worte, Gefühle durchdrungen, ineinander mit immer zunehmender Dichte. Lautloses Geschrei: Liebste, wo ein Ding ist, kann kein anderes sein! Er suchte nach Giften, die diesen Teil von ihm töteten. Bei dieser Suche stieß er auf Strychnin. Als er das Genauere über seine Wirkung las, hatte er plötzlich alle Einzelheiten der langsamen Rache vor sich. Er starb quasselnd.

Dies erkannte ich im Herbst '73, beim Erinnern von zwei verschiedenen Wissensstücken, auf dem Colorado Boulevard. Cugan + Strychnin. Im Oktober begannen die Blätter der großen Ahornbäume des Museumsparks, an dem ich täglich vorbeiging, sich zu verfärben. Es begann der erschreckende Brand des Indian summer. An einem Oktoberwochenende fuhr ich mit Esther hinauf zum Lookout Mountain. Wir ließen die Flammenwälder an uns vorbei, in allen Tonarten von Grellgelb zu Grellrot, keinerlei, Milde, rücksichtslose Schönheit, die alles auf einmal verlangt. Wir sprachen nicht. Ein wirklich denkendes Hirn, ein empfängliches Gemüt dürfte so einen Herbst nicht überdauern. – Also doch nicht Vergiftung, nur Erwachen? – Während wir auf amerikanische Art fast motorlos die schwach gebogenen Straßen hinaufglitten, griff ich nach Esthers Hand und drückte sie. Sie ließ es geschehen, und weiter nichts. Zwischen ihr und mir passierte viel Inneres, Stories, Gedichte, nie publiziert.

22/1010: John Bostock, Liverpool, 1805: Die Eigenschaften des Mucus sind grundsätzlich negativ; er koaguliert nicht durch Hitze, ist nicht gelatinisierbar; wird nicht gefällt durch das Oxymuriat des Quecksilbers oder Gerbsäure.

25/1100: J. R. Clamp, U. of Bristol: Species; idealerweise möchten wir alle gern mit menschlichem Material arbeiten, aber die Probleme, die mit dem Versuch zusammenhängen, befriedigenden menschlichen Mucus zu erhalten, sind einfach zu groß. Es wäre ein großer Irrtum zu meinen, daß Ergebnisse von einer Spezies notwendig auf andere Spezies extrapoliert werden können, wie die Arbeit mit dem Unterkiefer-Mucus von Wiederkäuern gezeigt hat.

Auf dem Lookout Mountain ist Buffalo Bill begraben. Das Grabmal ist aus Felsbrocken gemauert und die eiserne Platte mit einer Inschrift versehen. Von hier aus blickte Buffalo Bill auf die weite Prärie, die nun, nach getaner Arbeit, leer war, ohne die Staubwolken der Indianerhorden und Büffelherden, und nur noch schnurgerade durchschnitten von den Geleisen der Eisenbahn, für die die Büffel und die Indianer gestorben waren.

William »Buffalo Bill« Cody betrieb ab 1867 eine

reitende Fleischfabrik für die Ernährung der Kulis, die die Union-Pacific-Eisenbahnlinie bauten. Laut Vertrag hatte er täglich zwölf Büffel zu töten und zu enthäuten; dafür erhielt er einen Monatslohn von 500 Dollar. Waren es Indianer, die ihm in die Quere kamen, so tötete er diese. Insgesamt tötete er 4280 Büffel im Lauf eines Jahres. Der Tagesrekord lag bei 69. Über die Zahl der getöteten Indianer gibt es keine Angaben. 1875 gründete er die Theatergruppe ›Buffalo Bill's Wild West Show‹, von der sich fast alle unsere Bilder und Vorstellungen vom Wilden Westen, Filmkulissen, Gebärden, einsilbigen Reden und die heroische Akustik des Pferdegetrappels herleiten. Zu den Schauspielern der Show gehörte auch der Sioux-Häuptling Sitting Bull, der den General Custer bei Little Big Horn tötete. Über der Sensation, ihn bewegungslos auf dem Pferd sitzen zu sehen, vergaß das Publikum sogar Annie Oakley, die Schützenkönigin. Aber sie waren alle gute Freunde. Auf die Nachricht vom Ausgang der Schlacht am Little Big Horn, die ihn 1876 in Albany erreichte, unterbrach Buffalo Bill die Vorstellung und eilte mit geschwungener Flinte nach Westen, um die Sioux zu bestrafen. Später schlossen sich viele Indianerhäuptlinge, die als Geiseln gehalten wurden, der Wild West Show an; darunter die Häuptlinge Short Bull, Kicking Bear, Lone Bull, Scatter und Revenge. Es gibt Fotos von dieser Truppe auf Europa-Tournee, in einer venezianischen Gondel und vor dem Mannheimer Schloß. Buffalo Bill trug die Narben von 137 Wunden, von Gewehrkugeln, Pfeilen, Speeren und Tomahawks. Er starb am 10. Januar 1917. Seine beiden arabischen Schimmelhengste wurden 1915 in Frankreich vom Blitz erschlagen. Bills Grab ist mit einem 2×2-Meter-Eisengitter umgeben, das leicht zu übersteigen ist, wenn man auf dem Grabmal sitzend fotografiert werden will.

Mir fiel auf, daß Jeffries sich veränderte. Wir waren Büronachbarn, ich besuchte ihn ohnehin fast täglich, um die Formulierung einzelner Abschnitte meines Projektberichtes mit ihm durchzusprechen. Dabei verfolgte ich seine Aufweichung. Was war er für ein wachsamer Vogel gewesen, ein funkelnder Ironiker, Drähtezieher, wie eine Spinne über alle Regungen in seinem Revier auf dem laufenden. Nun trübte sich sein Augenglanz, man sah ihn durch die Gänge schlurfen, ratlos mit seinen lang herabhängenden, fast den Boden berührenden Armen, und merkwürdig uninformiert. Er wußte nicht, daß Hal McCabe, sein Lieblingsschüler, Liza Stokes heiraten wollte, eine schwabbelige, redselige dumme Pute, was Jeffries tief enttäuschen mußte. Davon wußte er nichts. Ich sprach ihn mal auf einen Todesfall infolge Mucus-Übersekretion an, einen Erstickungstod, der sich vier Stunden zuvor in seiner Abteilung ereignet hatte, und er wußte es nicht. Der Todesfall ließ ihn kalt – aber anders als früher. Das dünnlippige, zahnlose Grinsen, das zu ihm gehörte, war noch vorhanden, aber ohne Verbindung nach innen. Er erzählte, daß sein Sohn Carl Tankwart geworden war, und daß er das billigte. Seine Tochter Carol hatte einen Assistenzarzt geheiratet, einen blonden Karrieremacher, den Jeffries verabscheute. Jeffries' Frau – sie hatte viele Enttäuschungen im Opernleben hinter sich – blieb nun, wo es unnötig war und lästig fiel, meistens zu Hause. Noch immer hatte Jeffries Grund, heimatlos zu sein. Mit seinem Verfall hatte das wenig zu tun. Gelehrtenfamilien sind oft desolat. Wie aber erklärte sich sein Verfall? Alter war's nicht, er war nicht mal sechzig. Irgendein Überdruß.

Die Vermehrung des Wissens, wie die Menschenvermehrung, macht hoffnungslos. Alle Depots, Keller, Magnetspeicher überflutet. Eine vollgestopfte Welt, voller Wisser, Hühnermist und verhungerter Kinder.

28/281: Bamfo Kwakye, Atomphysiker und Vizekanzler der Universität von Accra, war traurig an jenem Morgen, auch Adofa tränkte ihren verschlissenen weißen Kittel mit Tränen, weil das schlachtreife Kaninchen irgendwie durch die Maschen in den Bereich der Laser-Zündanlage geraten war – und spurlos weg. Fast spurlos, bis auf ein Ohr. Sie hatten fast die hundert Millionen Grad erreicht, die nötig sind, um eine Magnetflasche voll Plasma zu zünden. Schlagzeile: *Ghanese scientist achieves breakthrough to nuclear fusion.* Plötzlich die Nachricht, auf dem Marktplatz sei ein Armeelaster voll Uniformstoff und Schuhsohlen eingetroffen; da gab's kein Halten, da gab's kein Besinnen, da rannten sie alle und ruderten, Professor Kwakye und Adofa, auch Dr. Ndele, genannt der Elefant, der Labordiener Mensaah, alle ruderten hin mit ihren durchgescheuerten Hosen. *Will finally give access to limitless sources of energy, Kwakye says.* Vielleicht hatte das Plasma gezündet? Man kann es nicht wissen, ein so heißes Feuer hinterläßt keine Spuren. Nur das Ohr. Aber irgendwo hat jede Anpassung ihre Grenzen. Was konnten sie nun in dieser Woche noch essen? Konnten sie etwas von dem Zehn-Kilogramm-Vorrat Glycin löffeln, als natürliche Aminosäure, oder vom Pentaerythrit, als einigermaßen zuckerähnlich? – Nebenan, im Chemielabor, machten sie oft Tugenden aus Nöten. Monatelang ließ das bestellte Faß Benzol auf sich warten. Sie machten also ihre Friedel-Craffts-Experimente mit Cyklooktatetraen. In Gottes Namen. Das hatte die Firma Dupont gestiftet. Rechnete man reale Preise, so wäre es tausendmal so teuer, mehr als der ganze Jahresetat. Aber so rechnete kein Mensch. Mensaah hat mal den Tankwart am Hafen, der an der Quelle saß, mit einem Sack voll Taschenrechner bestochen und erhielt dafür einen Kanister

Öl. Mit den Rechnern hat der Tankwart ein schadhaftes Wandstück in seiner Tankwartsbude ausgebessert. Das Öl war nach einer Woche erstarrt, polymerisiert, zum Glück zu großen, graphitähnlichen Plättchen mit guten Schmiereigenschaften. Wüßte man immer genau, was für ein Ersatzmaterial es ist, zu dem man greift in seiner Not, so würden viel mehr Entdeckungen gemacht. Kwakye kann auch so stolz sein. Die Entdeckung des achten Quarks von der Farbe Schräg-Blau hat den Weltruf der ghanesischen Wissenschaft auf Jahre hinaus gesichert.

Wie sich das strammte. Die Politik spielte sich im Gerichtssaal ab. Karikaturen zeigten den Präsidenten als Laokoon mit der Magnetbandschlange. Der Vizepräsident tritt wegen Korruption zurück. Das Samstagabend-Massaker. Der Sonderankläger Cox des Watergate-Ermittlungskomitees und einige andere hohe Staatsbeamte werden gefeuert. Im Kongreß wird die Absetzung des Präsidenten gefordert.

Durch Hintertüren hörte ich, daß Kenneth Mellow versuchte, etwas über die Resultate des Mucus-Projekts zu erfahren. Er versuchte alles mögliche. Er probierte es über Laureen, über mir nahestehende Studenten – die sich mit unsicherem Blick an unseren gemeinsamen Mittagstisch setzten –, über einen anderen Mieter bei Munro. Zuerst erfuhr ich es von der redseligen Braut von McCabe, die aus Columbus stammte. Aber diese Leute konnten ja selber nichts wissen, und eines Tages rief Mellow mich direkt an. Tat so, als ginge es ums Jazzleben in Denver. Da ich wußte, wo er hin wollte, konnte ich den gleitenden Themawechsel gut verfolgen: Die Lippenbeanspruchung von Jazztrompetern; Bunk Johnsons Gebiß von einem Mäzen gestiftet; Tingeltangelleben verursacht Magenulkus; Kaffee und andere Aufputschmittel beschädigen die Magenschleimhaut; die Entstehung von Disacchariden beim Kaffeerösten; es seien ähnliche wie im Mucus. Ich hörte es schweigend und grinste in die Muschel. Dann war es soweit. Es gäbe Gerüchte, sagte er harmlos, über die Abwehrfunktion von Disacchariden; das beträfe ihn; er war ja ein Zucker-Mann.

Oh, da mußte ich ihn aber enttäuschen. Falsch getippt. Da konnte er sich seinen Lohn nicht holen. Wo er doch durch die ständigen Angriffe der Umwelt-Freaks ohnehin geschwächt war! Wo doch ein gewisser Keith Rothko das im Trinkwasser von Columbus entdeckte Methylenchlorid bis in seine Labors zurückverfolgt hatte! Wo er überdies seine Geldquellen hatte offenlegen müssen! Wissenschaftsruhm war kaum noch zu ernten. Macht kein' Spaß mehr, die Wissenschaft, sagte er kümmerlich. Er schüttete mir übers Telefon das Herz aus. Die Studenten, die Journaille. Man beobachtet jeden unserer Schritte. Man wird uns noch lynchen. Wofür die Mühe? Ich spürte, durch den Draht, über die Entfernung, daß er schon an die Verwertung gedacht hatte.

Unter Druck wurde alles sichtbar. Wissenschaftler: naive Schlitzohren. Galilei wollte sein Fernrohr meistbietend dem Militär verscherbeln. Thales, der große Geometer, kaufte in einem Jahr mit reicher Ölernte alle Ölpressen auf. Eines Abends jedoch war er so sehr in den Sternenhimmel vertieft, daß er beim Gehen in einen Brunnen fiel. In meiner Post fand ich Kärtchen – ganz ähnliche wie »John I love you« –, auf denen stand: »We'll get you russian spy.« Auf Laureens Gesicht beim Vorübergehen das gleiche liebreizende Lächeln wie damals, wie viel früher. »Hello, sweetheart.«

Und doch waren am Schloß zu meinem Büro starke Kratzspuren, ich fand manche Papiere nicht wieder, manche an ganz anderen Orten, ich sah Gestalten hinter Hausecken zurücktreten, wenn ich mich auf der Straße umdrehte. Am 21. November wurde bekannt, daß die Sekretärin des Präsidenten, fast unabsichtlich, 18 Minuten auf einem Tonband gelöscht hatte und man ein entscheidendes Gespräch nun nicht mehr abhören konnte. Ein Pressefoto zeigte ihre Demonstration, wie sie unter großen Verrenkungen gleichzeitig maschineschreiben und unabsichtlich die Löschtaste drücken konnte.

Ich war immer gern in Jeffries' Lungen-Seminar gegangen. Da war es lehrreich und unterhaltsam. Von der Medizin des Lungenbaums war man schnell mitten in der Medizingeschichte. Claude Bernard und die Entdeckung der Bauchspeicheldrüse. Ein außerordentlicher Anatom war er natürlich, pflegte den Studenten Lektionen über dem offenen Hundebauch zu geben, das Skalpell als Zeigestock. Plötzlich hob Jeffries seinen pelikanhaft gesenkten Kopf und funkelte ins Publikum: »And you know, his wife was a violent anti-vivisectionist.« Claude Bernards Frau, eine wilde Gegnerin der Vivisektion. Die Neutralisation einer Wissenschaft im Ehebett. Und warum bräunt sich das Beefsteak in der Pfanne? Jeffries grinste. Das Grinsen ging tatsächlich, wie im Witz, vom einen Ohr zum anderen. Die Reaktion des Bräunens heißt Maillard Reaction. Dann wissen Sie auch, sagte Jeffries, warum die Tomatenketchup-Burschen ihre Etiketten immer so hoch am Flaschenhals anbringen. Er machte seine berüchtigte Spannungspause: It's the surface. Weil da Luft drankommt. Alle Bedingungen für die Maillard Reaction. Das sieht nicht gut aus, oben in der Flasche, so braun, schwer verkäuflich. Also drüber mit dem Etikett.

Das Ende seiner Veranstaltungen war fließend. Es war nicht ohne weiteres zu erkennen, daß sie zu Ende waren. Jeffries brachte einen krähenden, brummenden, halb gekauten Satz heraus, oder einen halben, er stand da noch eine oder zwei Minuten mit gesenktem Kopf, an die Wand gelehnt, die Hose sehr hoch über den Bauch gezogen. Zwei oder drei Hörer räkelten sich hoch, blickten sich träge um, »well«, schlenderten zu Jeffries rüber, es bildeten sich Grüppchen, in denen gelacht wurde. Bunny Wu, die chinesische Röntgenassistentin, wanderte zur Tür hinaus, und Jeffries folgte ihr mit Blicken. »Sure like that slash in that skirt.« Er sagte das regelmäßig. Bunny hatte eine Figur wie eine Kerze. Nix dran. Aber der Schlitz in ihrem Rock hatte es ihm angetan.

Neuerdings wurde Jeffries auch in diesen Pflichten nachlässig. Er vergaß das Seminar, vergaß bekanntzumachen, daß es ausfiel. Ich trat in den Seminarraum zur gewohnten Zeit und fand dort ein ganz anderes Publikum. Einen kannte ich, einen Physiker, Andy Tschang, ein gelber Affe mit Pudelhaaren. Er legte sogleich einen Finger an die Lippen, als ich ihn fragen wollte, was hier los war. Mit dringenden Gesten forderte er zum Sitzen auf, oder wie nennt man diese Körperhaltung mit untergeschlagenen Beinen? Ich hockte mich eine Weile dazu, ohne beachtet zu werden. Nach einer langen Stille begann ein Gebet. Ein Langbärtiger mit einem indischen Hemd trat vor und warf sich tollkühn und inbrünstig auf die Ellenbogen. Er betete zu einem Karma, oder zum inneren Geist, und bat um Erleuchtung in der Frage der Materie-Struktur, in der Frage der Farbe subatomarer Teilchen, ihres Charmes, ihrer Bizarrheit. Auf meine fragenden Blicke ging Tschang nicht ein. Später sagte er, wobei er sich wirkungslos über sein Pudelhaar strich, es gehöre zum Erkenntnisprozeß, auf einfache Fragen nicht einzugehen oder sie aus einer ganz anderen Richtung zu beantworten. Einen Augenblick lang fühlte ich tiefen Frieden. Wissenschaft hat nichts mit Denken zu tun. Man lebt sie und man stirbt mit ihr.

13/277: Am 12. Dezember 1777 starb Albrecht von Haller, wie er gelebt hatte, messend, beobachtend, zählend. Er wurde 1708 in Bern geboren. Mit zehn Jahren hatte er sich schon an die Abfassung griechischer und hebräischer Wörterbücher gemacht, eine chaldäische Sprachlehre entworfen und eine Sammlung von 200 Kurzbiografien großer Gelehrter angelegt. Er war nacheinander Arzt, Stadtbibliothekar, Botaniker, Chirurg, Hochschullehrer, Geologe, Direktor eines Salzbergwerks. Er beschloß sein Leben als Opiumsüchtiger. Zwischen 1724 und 1777 schrieb er 13.000 Briefe, in fünf Sprachen, an 1209 Korrespondenten. Die Zahl seiner eigenen Werke beläuft sich auf 134. An mehreren hundert anderen Büchern hat er mitgearbeitet. In den letzten 23 Jahren seines Lebens las er 4000 medizinische Werke. Noch seine letzten Herzschläge zählte er ab: »Il bat, il bat... plus.«

Ein Moment des tiefsten Friedens. Da sah man unsere Westliche Wissenschaft auf dem Wege der Heilung. Wenige Wochen danach erkannte ich dieselbe Meditationsgruppe im *Red Rocks Stadium* wieder, wo sie sich besonders exzessiv am Terror beteiligte, mit dem dort die akademische Zuhörerschaft überfallen wurde: In jenem Festival der Antiszientisten, in dem sich alle zur Anbetung des Chaos einer Fourieranalyse ihres Bewußtseinsstroms unterziehen mußten – in der Hoffnung auf Verstärkung versteckter Geheimnisse. Dabei gingen tausend Autos in Flammen auf.

Die neue Schule der Physik war in kurzer Zeit angeschwollen; sie bemühte sich, endlich zu einer einheitlichen Konzeption des Universums zu gelangen, das bisher immer wieder in noch kleinere Teile und Widersprüche zerfallen war: Fritjoff Capra, ›The Tao of Physics‹. Gary Zukav, ›The Dancing of the Wu Li Masters – an Overview of New Physics‹. In den Übungen verlangen die Physiker von ihren Studenten, sich ein masseloses Teilchen vorzustellen. Entsprechend der Koran der *Zen*-Philosophie: »Geräusch *einer* klatschenden Hand«: »Wenn das, was wir über die Welt wissen können, eine Funktion der Struktur unseres Geistes ist, dann ist das, was wir bei der Erforschung fundamentaler Physik tun, die Erforschung der Struktur unseres Geistes.« Fundament der New Physics: Bells Theorem (1972): »Die getrennten Teile des Universums sind durch die Kraft ›Das was ist‹ verbunden, die schneller als das Licht ist.«

Neue Wissenschaft – Alte Wissenschaft. Das Bewußtsein und das Material.

21/1080: Mägen von frisch geschlachteten Schweinen wurden aufgeschlitzt, der Inhalt gründlich ausgewaschen und der Gesamt-Mucus von der mucosalen Oberfläche abgekratzt. Die mucosalen Abschabungen wurden in einem Starmix homogenisiert (Stufe 3, 30 Sek.) und der vermischte Mucus von den ungelösten Zelltrümmern durch Zentrifugieren getrennt.

20/227: Sind wir sicher, daß Hunde nicht mit sich selber reden?

20/228: *Heroin reduction of selfadministration in baboons by manipulation of behaviorial and pharmacological conditions.* Das war ein anderes, als früher Baumwippen, Nüsse, Rotärsche. Und ein anderes kam mit Weißkittel U-at, und wieder ein anderes kam mit Weißkittel O-at. Geruch und Blatt und Blitz. Hör ich schwarz sprechen und fühl ich grün stechen und warum, warum. Warum der Schmerz, der süße süße Schmerz? Ich guck Golo an. Golo quiekt auch und schnaddert un weiß auch nich was, sehich wiesi'n stechn un is dann still. Guckt mich von untnan, willwas kannnich sagen nur jammern. Ich hab aber was Blaues in mir, Fleischernes, das durch den Schmerz kam, unnu wird innenaußen draus. Mein schönes Gefühl soll ich nich mehr haben ...

Einmal las ich über *Lisuride* (20/667), das alle Ratten mit einem Mal zu großer Liebestüchtigkeit brachte (mounting behaviour in rats on administration of lisuride . . .), oder jedenfalls zu den Gebärden davon, und ich las:

21/113: Marseille. Vom Fenster seines Hauses aus hat ein Mann in der südfranzösischen Hafenstadt Marseille Anfang der Woche gefilmt, wie sieben junge Männer ein dreizehnjähriges Mädchen vergewaltigten. Später übergab er das Beweisstück der Polizei. Das Mädchen lag wochenlang reglos in einem Krankenhaus und schwieg. Wäre der Film nicht gewesen, hätten die Ermittlungen zu keinem Ergebnis geführt. Die ersten Sekunden des Films waren irritierend; sie stammten von einer kürzlichen Indienreise des Mannes; auf ihnen war ein indischer Sadhu zu sehen, ein Eremit, mit einer Elefantiasis am rechten Bein, vermutlich aufgrund einer Filarien-Infektion. Das Bein des Sadhu war so groß wie seine Ziege.

Die ganze Struktur des Denkens kommt ins Rutschen. Was bei Beobachtung locker und unklar ist, sagt Francis Bacon, ist an Kenntnis täuschend und verräterisch.

13/147: In den Jahren nach 1925 maß D. C. Miller mittels eines immer präziseren Interferometers die Geschwindigkeit, mit der die Erde sich durch den Äther bewegt. Nach Meinung der meisten Physiker gibt es aber keinerlei Hinweis für die Existenz des Äthers. Was also hatte Miller gemessen? Immer wenn wir dem Unbekannten das Bekannte abgewinnen, sagt Francis Bacon, tun wir das basierend auf Erwartungen. Erwartungen sind immer *etwas* unkorrekt.

Ich war vergraben in diesen Wust von Papieren. Ich hätte es mir leichtmachen können, das meiste ausscheiden: Nicht relevant. Dann wieder stürzte ich hinaus, durch die Unerträglichkeit, wochenlang dieses identische Büro, gerade hinaus*geschossen*, in andere Bibliotheken, in die freie Natur, oder in andere Menschengruppen. Ich besuchte planlos die Institute für Maschinenbau und für Rhetorik. Ich machte neue Erfahrungen. Ich geriet in ein Sit-in von Studenten der Informatik, in dem ein paar hysterische Schreier in Aluminiumanzügen auftraten, die wie in Panik von der kritischen Datenmasse sprachen, die bald erreicht sei, weltweit verzahnte Datennetze, die bloß noch auf geeignete Weise, unter Einschluß von Rückkopplung und selbstlernenden Programmen, zusammengeschaltet werden mußten, um eine *Informations-Fusionsbombe* zu zünden. Mit Triumphtönen wurden Nachrichten über Wissenschafts-Terroristen in Japan und in Israel verlesen, wo große kostspielige Forschungsprogramme von offenbar sehr genau informierten Saboteuren durch kaum merkliche Fehlschaltungen in die Irre geleitet und vernichtet worden waren. Jeffries, nach dem ich jetzt täglich wie nach einem Patienten schaute, tat jetzt bald überhaupt nichts mehr; den ganzen Tag döste er nur noch, die Beine auf dem Schreibtisch, vor sich hin. Philosophierte herum, unmögliche Hypothesen. »Diese geduldigen neolithischen Frauen, die hundert Jahre lang polierten, schliffen und bohrten. Sie erfanden die Langeweile der Präzision. Sie erfanden das ›boredom‹.«

Zwischendurch war Jeffries auch ansprechbar. Ich erzählte ihm, wie weit ich mit meinem Mucus-Bericht war, und er grinste ein wenig, tätschelte mich auf eine irritierende Weise. Lieber Gott, das war doch seine große Liebe! Ich gab mir Mühe, in meinen Berichten immer was Erfreuliches unterzubringen, irgendwas über den Zusammenhang der Mucus-Zusammensetzung mit der Interferonsynthese. Etwas über Tixotropie, das heißt, wie flüssig er beim Fließen wurde. Jeffries saß auf einem seiner Ablagetische, wahrscheinlich auf einem kleineren Stapel von Zeitschriften und dergleichen, baumelte mit den Beinen. »Jaja, schon recht. Good boy, John. Alles aufschreiben. Sagt dir der Name Johann Georg Zimmermann etwas?«

»Nie gehört. An welchem Institut arbeitet er?«

»Er war ein Schweizer, ein Arzt, er lebte vor zweihundert Jahren. Er hat ein Buch geschrieben ›Über die Einsamkeit‹, das Thoreau beeinflußt hat. Durch das Buch wurde er so bekannt, daß der todkranke Friedrich der Zweite von Preußen, den sie ›den Großen‹ genannt haben, ihn zu sich rufen ließ. Dem König war nicht zu helfen, und Zimmermann versuchte das auch gar nicht. Der König war ihm dankbar dafür. Er deutete auf ihn und flüsterte: Weisheit. Wegen der *unterlassenen* Behandlung seines berühmtesten Patienten wurde Zimmermann der gesuchteste Arzt seiner Zeit.«

Wegen der unterlassenen Behandlung.

Ich blickte auf, sah sein Gesicht. Da war es noch einmal, das alte Grinsen. Ich wurde wehmütig, als ich es sah. Ich beschleunigte meine Arbeit. Ende des Jahres sollte sie abgeschlossen sein.

30/103: Perth, Australien. Namene Adabullanan verabreichte Cancerolytikum in der Schafzucht: Versteh nicht, warum ich das im Juni mach. In Trockenheit knistert das schon, aber der Wind. Foster gab zehnmal zehn trübe Spritzen un ich rein in Schaf, habse ihnen reingehauen, dummgekuckt habense. Un ich immer vom Jeep aus, nur, mußte mich jucken und juckte auchn bißchen. Ham sich die Schafe annenandergeriebn un Haar ging ab. Foster sagt daher was von Schafskälte und machts so, damit der Name stimmt. Wenn man dauernd gegen die Worte verstößt, kommt alles ins Rutschen. Nachher kommen die aber un harken das zusamm un kochen das. Wollentopf. Paartage lang, da wird das gut zum essen, Schaffsnudeln mit Algen das schmeckt. Is ja kalt im Juni, nicht. Wie die dann in zwei Monaten den Weizen sän, wern wer halbnackt sein. Strohleinen hält nich besser. Aber Schaffnudeln halten innerlich vor.

Wenn nun überall die alten Techniken der Zivilisation in Vergessenheit geraten und nur noch die jeweils neusten bewußt sind, wird's bald ein Kunststück sein, ein einfaches Feuer zu entfachen, das von den Behörden für Arbeitssicherheit untersagt worden ist. Ratlosigkeit. Nicht eher Ruhe finden bis. Diese unablässigen Änderungen an der Natur, das Herumschrauben, das Fehlerkorrigieren, Wetterverbessern, Moleküleumbauen, Artenzüchten, Tagesrhythmusumstellen.

13/513: Humphrey Davies' Arbeitseinteilung war abnorm. Zwischen rastloser Tätigkeit im Labor eilte er zu Empfängen und Banketten, getrieben vom Ehrgeiz auf wissenschaftliche Erfolge, wollte aber auch auf den Glanz der gesellschaftlichen Welt nicht verzichten. Oft nahm er sich nicht die Zeit, nach harter Laborarbeit die Kleider noch zu wechseln, zog frische Wäsche über, ohne die alte abzulegen. Bis fünf Hemden und mehrere Paar Strümpfe konnte er übereinander tragen. Nach den nächtlichen Vergnügen stand er morgens um vier wieder im Labor. Er elektrolysierte eine Schmelze von Ätzkali: Ich entdeckte aber kleine Metallkügelchen, die einen sehr lebhaften Glanz hatten und völlig wie Quecksilber aussahen. Manche verbrannten in dem Augenblick, in dem sie sich gebildet hatten, mit Explosion und lebhafter Flamme. Das Kalium war entdeckt. Davy führte einen Freudentanz im Labor auf und stürzte hinaus zum nächsten Festbankett.

28/281: Typische Preise sind: Brot – 3 Cedis, ein 3-Pfund-Hähnchen – 40 Cedis, eine Glühbirne – 500 Cedis, 200 Cedis für eine Rolle Klopapier. 100 Reagenzgläser gibt's für 50 Cedis, ein 4-Kanal-Oszillograph – 20 Cedis, eine Tube Zahnpasta – 40 Cedis. 100 Millicurie Kobalt-60 kosten 10 Cedis mit sinkender Tendenz, eine Autozündkerze kostet dagegen 200 bis 400 Cedis, weil durch einen Spontanbeschluß die Produktion eingestellt worden ist, absichtlich, wider besseres Wissen, und das alles bei einem Verdienst von 16 Cedis pro Tag. Bamfo Kwakye muß zugeben: Es ist für unsere Professoren und das Forschungspersonal unmöglich, vom Gehalt zu leben. Sie brauchen andere Einkommensquellen. Manche reparieren die tragbaren Fernsehgeräte der Dockarbeiter und Taxifahrer. Ein musikalischer Forscher zieht mit seiner Ukulele herum und macht seine Unterhaltungsmusik in den Häusern der Kranführer, der Betonmischer und Meerwasserentsalzer. Viele arbeiten auch als Haushaltshilfen mit technischer Spezialkenntnis bei den allmächtigen Marktfrauen, deren Hütten in der Regel mit kaputten HiFi-Geräten, Waschmaschinen, Geschirrspülern und Tiefkühltruhen vollgestopft sind, für die es meist keine Anschlußmöglichkeiten gibt und die überdies gar nicht gebraucht werden, was sich aber erst rausstellt, wenn sie funktionieren; wird ihr sinnloses Funktionieren offenkundig, so werden die Geräte von den verärgerten Drei-Zentner-Marktfrauen durch einen Faustschlag sofort wieder zerstört, die Ursache der Zerstörung während eines Tages vergessen und somit die Ausgangslage wieder hergestellt. Gähnend erscheint das Forschungspersonal irgendwann am Vormittag in den Instituten und setzt seine wissenschaftliche Arbeit fort. Der Kontakt mit der übrigen Welt ist spärlich. »Meine neue Synthese des zyklischen Polypeptids Oxytocin«, sagt Prof. Thelma Dakubu, »wurde neulich im ›Journal für Organische Chemie‹ abgedruckt, aber in unserer Bibliothek befinden sich nur ein paar zerfledderte Nummern dieser Zeitschrift, zeitweise über zehn Jahre alt; andere Zeitschriften erreichen uns überhaupt nur verstümmelt, weil das Papier inzwischen in die Hände rabiater Sammler von Altpapier zur Herstellung von Recyclingpapier gefallen ist; wieder andere Nummern sind auf dem Wege der Zustellung dermaßen verdreckt und verkommen, daß man sie schon gar nicht mehr in die Hand nehmen will.«

Ein paar versuchen sich auch in Politik. Dr. Ivan Addae-Mensah, der es fertigbringt, gleichzeitig chemische Forschung, Kaninchenzucht und politische Arbeit zu betreiben, erklärt: In anderen Ländern bleiben die Wissenschaftler in ihren Schneckenhäusern. In unserem Land erwartet man mehr. Nicht, weil wir Wissenschaftler sind, sondern weil wir gebildet sind, muß der Forscher sich seiner politischen Pflichten bewußt sein!

Während ich daran arbeitete, die Resultate des Mucus-Projektes zusammenzufassen und verstehbar zu machen, war zu sehen, daß sich das Projekt in vielen Verästelungen bereits verselbständigt hatte. Ende November 1973 ging durch die Zeitungen eine Meldung betreffend Dr. Hershkovitz, nebst einem Foto, das ihn selbst zeigte, kolossalisch, neben einem Hochreck, an dem ein Patient soeben eine Übung machte, während seine Krücken an den Stützen lehnten: *Dr. H. macht Krüppel zu Menschen.* Mittels eines besonderen Verfahrens führte er künstliche Gelenkschmiere in die Gelenkkapseln gelähmter Arthritiker ein. *Millionen Menschen können sich nun aus ihren Rollstühlen erheben!* – Ich fand, das klang bedrohlich. Ich dachte: Was machen jetzt die Rollkarrenschieber von Atlantic City? – Selbstverständlich wurde mein Name nicht genannt, wohl aber der von Kenneth Mellow, der als ›Mucus-Spezialist‹ bezeichnet wurde. Ich zeigte die Meldung Jeffries, der früher bei sowas sogleich an die Decke gegangen wäre, alle Zeitungen rebellisch gemacht hätte. Aber Jeffries blieb völlig ruhig. Er sagte nur, man müsse die Zuständigkeiten klären. Mellow als Mucus-Spezialist! Beweglich muß man sein, heute, dachte ich. Wird ein Düngemittel verboten, sofort Baumaterial draus machen. Wird ein Baumaterial verboten, sofort ein Düngemittel draus machen. Waschschüsseln aus Stahlhelmen. Kirchtürme aus Raketen.

33/900: Zahnärzte fordern: *Benzin aus Zucker*, weil sie mit ihrer Arbeit nicht mehr nachkommen.

30/907: Computerisierte Schmerzlosigkeit ›auf Anforderung‹ mittels Janssens Maschine. Die Patienten, welche die Maschine benutzen, die zur Zeit auf Fentanylcitrat (Sublimaze, Janssen) programmiert ist, erhalten eine fortlaufende Infusion des Schmerzmittels und werden automatisch befragt, ob sie weiterhin Schmerz haben. Ist dies der Fall, drückt der Patient einen Knopf und erhält eine vorher festgelegte Zusatzdosis des Analgetikums mittels eines festeingebauten Katheters. Die Zeit seit der letzten Dosis und die erlaubte Maximaldosis werden berechnet, und daraus wird die von nun zuzuführende Dosis automatisch ermittelt.

30/908: Man muß sich gegen riesige Zahlen betäuben. Im Jahr 1900 gab es rund 10.000 wissenschaftliche Zeitschriften. 1960 betrug die Zahl schon 100.000, und im Jahr 2000 wird es voraussichtlich eine Million sein. Um die Jahrhundertwende gab es auf der Erde maximal 400.000 Wissenschaftler. Ihre

Zahl war 1950 auf rund zehn Millionen angewachsen. Im Jahr 2000 rechnet man mit 100 Millionen Wissenschaftlern.

In der *Red-Rocks-Arena*, hoch über Denver, sollte eine Veranstaltung der Gruppe ›New Physics‹ stattfinden, die überall in allen Instituten mit vielfarbigen Plakaten angekündigt wurde. *Physics for fun. Far-out, deep-in music. Nuclearmagnetic extasy! Prof. Avakian über psychotische Elementarteilchen. Nach tieferer Einsicht: Erkenntnistänze!*

Ich verabredete mich mit Esther, und wir fuhren am frühen Nachmittag hin. Man mußte mit Andrang rechnen. Schon oberhalb von Golden gerieten wir in die Autoschlange. Offenbar kamen manche Besucher von weit her, nach den Nummernschildern von Cheyenne, von Salt Lake City, von Bolder und von Rock City. Wir brauchten fast zwei Stunden für die dreißig Meilen. Auf dem Parkplatz über der Arena, der für 30.000 Autos ausgelegt war, fanden wir kaum noch Platz. In der Arena herrschte ein Getümmel von unartiger Buntheit, da waren asketische Haut-und-Knochen-Männer in einer Art von Rinden- und Bastkleidung, intellektuelle Pärchen in Synthetik-Doppelhüllen, da war auch viel flatterndes Weißhaar und auch ganz unauffällige Dickwänste mit dieser besonderen Art von sachkundigem Lachen; es gab schöne Frauen mit ihren häßlichen kleinen Theoretikern, die pausenlos redeten. Wo sind wir, fragte ich Esther. Was ist eigentlich los? ne Art von Wissenschafts-Irrenhaus? Aber sie war gar nicht erstaunt. Sie kam ja viel mehr herum als ich.

Wissenschaft war immer schon Show. Jetzt gaben sie es mal zu.

Aber das traf nicht ins Schwarze der Sache.

Wir fanden noch einen Sitzplatz auf einem der Felsen, die die Arena wie ein Gebiß umstanden. Das Programm hatte wohl längst begonnen, oder was sollte man davon halten? Vielleicht wie bei Pop-Shows, wo man keine Ahnung hat, ob Vorprogramm oder wichtigtuerische Außenseiter, die noch davor sind, unangekündigt... Auf der Bühne standen ein paar in langen blauen Hemden, hoben und senkten die Arme und atmeten in die Mikrophone, die sehr laut diese Atemgeräusche übertrugen, so daß man sich wie in der Mundhöhle eines großen, atmenden Geistes vorkam.

Ein Gemurmel wurde hörbar. Es drängte sich deutlicher vor. Das Atmen sei schon seit zwei Stunden im Gang, sagte unser fast nackter, aber buntbemalter Nachbar, der dabei immerzu kicherte, in einer sonderbaren, immer nur zufällig aus den Vorgängen heraus erklärbaren Lustigkeit. Das Gemurmel entpuppte sich als ein Vortrag. Der Vortrag wiederum war eine bloße Aufzählung: »Nü-E-Lepton, E-plu-Lepton, Nü-mü-Lepton, Mü-Lepton, Pi-Meson, Pi-Null-Meson, K-Meson, K-Null-Meson, Pe-Bayon, En-Bayon, Lambda-Bayon, Up-Quark, Down-Quark, Strange-Quark, Charm-Quark, Rosa-Quark, Gelb-Quark, Blau-Quark ...«

Die Angaben wiederholten sich von Zeit zu Zeit, jedoch in anderer Reihenfolge, es entstand ein wechselnder Rhythmus. Unser kichernder Nachbar sagte: Sie machen das Bewußtsein zur Matrix. Er war deutlich von Lust erfüllt. Auch Esther schien von Lust erfüllt. Sie schaukelte im Rhythmus des Atmens, der zugleich der Rhythmus des Gemurmels war, hin und her. Ich sah, daß fast das ganze Auditorium von dieser Schaukelbewegung erfaßt war. Währenddessen kam allmählich die Dunkelheit, und die Arena wurde immer deutlicher von einem wabernden, vielfältig flackernden Licht ausgeleuchtet.

Die Vorgänge verwirrten mich. Ich verlor den Überblick über die vielen simultanen Ereignisse und wußte nicht, wieviel Zeit vergangen war. Auf großen Projektionsflächen über der Bühne, wo inzwischen auch noch eine Rock-Band spielte, waren jetzt Projektionen von Zeichnungen, die offenbar von einem Computer hergestellt waren, zu sehen. Nach einem sichtbaren Verfahren der Fehlerverkleinerung wurden Kurvenanpassungen nach den wichtigsten Theorien der Physik vorgeführt, etwa der Planetenbewegung am Himmel, daneben Versuche der Anpassung an frühere, inzwischen überholte Theorien, oder auch neuer, zum Teil abstruser Theorien und

Hypothesen, wie etwa der Welteislehre oder der Hohlwelttheorie. Letzten Endes kein Unterschied. Ptolemäus erklärte den Himmel nicht schlechter als Isaac Asimov oder Fred Hoyle. Galilei hatte schwere logische Fehler gemacht, seine Fallgesetze beruhten auf falschen Voraussetzungen. Ergebnisse dennoch richtig. Newton, Robert Mayer, Darwin, Planck – nichts davon war bei rigoroser Nachprüfung haltbar. Manche allgemein akzeptierte Theorien waren nicht mal die einfachsten. Aber wer sagt, die einfachste Lösung sei die richtige? Ohne die ptolemäische Theorie wäre die Mathematik nicht entstanden. Für Kopernikus braucht man nicht viel rechnen zu können. Rechnen muß man nur, wenn Übereinstimmungen zwischen Theorie und Praxis nur mit größter Mühe möglich sind. Die wichtigste Erfindung des Kopernikus: das Butterbrot. Er erfand es, um die Allensteiner Mägde zu überführen, wenn sie während der Belagerung das Brot auf den Pest-infizierten Boden fallen ließen.

Plötzlich stürzen viele hundert Männer und Mädchen in hell-phosphoreszierenden Kitteln hinter dem Podium hervor und verteilten sich eilig im Publikum. Wir sahen von oben, daß sie ganze Bündel von Injektionsspritzen mit sich führten und jedem, auch den Widerstrebenden, einen Schuß verpaßten. Zugleich begann in dem leeren Raum, hoch über der Arena, ein Hologramm-Spektakel, in dem die Tortur von nackten Menschen mittels neuartiger Folterinstrumente vorgeführt wurde: durch elektronisch gesteuertes Kitzeln, durch angelegte Hirnelektroden, die unerträgliche Signalströme auslösten, durch Chemikalien, die ganz schmerzlose, wenn auch qualvolle innere Zustände auslösten. Das Publikum, durch die Spritzen offenbar zu höchster Empfindsamkeit angeregt, seufzte und stöhnte mit. Oder waren es die Empfindungen des Publikums, die hier projiziert wurden? Ein Hologramm durch ganz kohärente, laserartige psychische Aussendungen von vielen tausend Menschen? Zugleich bemerkten wir, wie die Leuchtkittel an allen Ecken und Enden einzelne Menschen von ihren Sitzen zogen und zu einer Tanzfläche im Hintergrund der Arena brachten, wo sie sich zu einer gemeinsamen eurhythmischen Bewegung ansammelten. »Fix, fix«, kicherte unser Nachbar. »Schon wieder tausend in den Orden gekeilt.« – Was für ein Orden? – Das weiß doch jeder. Phi Lambda Xi, oder Western Wisdom, oder auch Szientistenorden, was da unter den verschiedensten Bezeichnungen lief, hatte schon fast eine halbe Million Mitglieder. Sie stellten schon in jedem Institut, in jeder Fakultät oder in jedem Fachbereich – strategisch aufgeteilt – eine starke Minderheit. Sie waren dabei, die wissenschaftliche Konzeption umzudrehen. Sie hielten sich grundsätzlich an keine Verbote, sie arbeiteten unter Zufallsbedingungen, sie vermischten die Disziplinen, arbeiteten wahlweise logisch und antilogisch, sie betrieben Hochenergiephysik mit millionenfach verstärkten Ultraschallgeräten, sie überschwemmten große Bakterienkulturen mit Informationen aus der neueren Mathematik, die in die DNA codiert worden waren, sie experimentierten mit einer Chemie der Antibindung. Sie erstellten eine Matrix sämtlicher philosophischer Systeme und unterwarfen sie einer sehr schmutzigen Differenzanalyse. Sie verwarfen alle einfachen Lösungen. Ich mußte davor meine Augen verschließen.

Meine Ergebnisse nahmen sich dagegen, so überzeugend sie früher gewesen wären, armselig aus. Meine Ergebnisse zeigten, daß der Mucus eine wichtige Funktion hatte. Das kam so zustande.

Man verwendet üblicherweise beim Studium radioaktiv markierter Wirkstoffe nur *gesunde* Versuchspersonen; so war's auch in Austin und Rochester gewesen. Einige von diesen trugen aber unwissentlich Infektionen mit sich, die erst später ans Licht kamen. Gerade bei diesen Personen jedoch notierte der Computer aus der Kombination von Zahlenwerten, die, vereinzelt, dem lesenden Auge kaum aufgefallen wären, bedeutsame Abweichungen in der Körperverteilung. Manche Aminosäuren, wie Serin und Lysin, schienen aus dem Mageninhalt verschwunden, dafür aber in der Globulinfraktion des Blutes angereichert. Es waren nur wenige Fälle, für eine statistische Sicherung eigentlich unzureichend. Dr. Thurber in Austin machte seine Hypothese ins Blaue. Die Hypothese lautete: Mucus als Primäranreger der Immunabwehr! Abwehr nicht zuletzt gegen Viruskrankheiten, vielleicht sogar Krebs. Würde die Hypothese bestätigt, so wäre es eine Sensation. Sie hätte eine teleologische Vernunft in sich; schließlich ist der Schleim das erste Körperprodukt, auf das ein Krankheitserreger trifft. Es war ein schönes, rundes Ergebnis.

Aber es interessierte mich längst nicht mehr.

VIII

Dieses Gewebe aus Zufall und Notwendigkeit: Mendelsohns waren alte Freunde von Esther aus ihrer Zeit bei der Bell Telephone Company in Jersey City. Mit Sack und Pack hatte sie mich aus Denver mitgenommen, ich wollte weiter, ich wollte zurück, die Zeit war zu Ende, ich verließ Amerika und die Wissenschaft. Mitten im Winter, eine riskante Reise über weite verschneite Flächen, die ich im Sommer weizengelb oder maisgelb gekannt hatte. Kansas, Missouri, Indiana, welliges Ohio. Wir rollten langsam, zweitausend Meilen, die Straßen knirschend; wir übernachteten dreimal, das letztemal in einem Motel in den Alleghanys, fast im Schnee begraben, in der Nacht vom 24. auf den 25. Dezember. Natürlich hatten wir es nicht so geplant. Außer uns war niemand in dem Motel, wir schauten mit dem Manager in der Lobby mit Plastik-Weihnachtsbaum das Weihnachtsprogramm im Fernsehen an. Der Mormon-Tabernakel-Chor sang; es gab, wie jedes Jahr, ein Stück von O. Henry, von einem Vagabunden, der über Weihnachten ein Dach über dem Kopf haben will; er sehnt sich nach dem Gefängnis, das so lange seine Heimat war; er begibt sich in ein Restaurant und nimmt eine vortreffliche Mahlzeit zu sich; er wischt sich mit der Hand den fettigen Mund ab und teilt dem Kellner freundlich mit, daß er mittellos sei; der Kellner schmeißt ihn raus; erst als der Vagabund sich wirklich ändern will, kommt die Polizei und bringt ihn ins Gefängnis; fröhliche Weihnachten; der Vagabund wird von Red Skelton gespielt.

Wir waren kaum in Jersey City angekommen, da war Esther schon wieder fort. Ein Anruf, noch einer, Esthers leise bedächtige Stimme, sie durchdachte schnell etwas, während ihre Blicke umherwanderten; ein eiliger Auftrag; einer von diesen mysteriösen, eiligen Aufträgen; Mikrobiologie, Gen-Technologie; sie war sofort reisefertig. Es war am zweiten Feiertag – dort ist es keiner –, Mrs. Mendelsohn sagte: Bitte, bleiben Sie noch, stay as long as you like, mit dem üblichen Kauderwelsch; da war eine Großmutter, Lissy, die nur deutsch redete, da waren die beiden Kinder, Franz und Betsy, die nur Englisch redeten, und Mrs. Mendelsohn, die beides sprach, oft beides zugleich. Eine Anteilnahme, die über die gewöhnliche Freundlichkeit hinausging: Sie interessierten sich wirklich für mich, sie hörten nicht auf, mich auszufragen, Grandma Lissy auf deutsch, Franz und Betsy englisch, wollten alles wissen, was mir zugestoßen war, Noface und die Geldsöhnchen-Mafia in Hamburg, Topsy und Ülzen, Denver, die Reisen durch Amerika und durch die Wissenschaft – sie glaubten nicht alles, aber sie waren nachdenklich. Franz, ein College-Student, zweimal umgesattelt, von Mathematik auf Psychologie, von Psychologie auf Geschichte, bewegte sich in Gedanken auf ähnlichen Bahnen wie ich. Vorsicht im Umgang mit Wissenschaft, Zweifel, die historische Veränderung, ein Werkzeug der Aufklärung – eine Festung der Engstirnigkeit. Something went wrong. Etwas lief falsch. An welcher Stelle entgleiste der Zug? An der Stelle der Verallgemeinerung? Darwinismus – Sozialdarwinismus etc. Benutzbarkeit wird zum Kriterium, je mehr sich die ›reine Forschung‹ von ihm abwendet. Da disproportioniert sich was. Komplexe Ausdrücke – mathematische Gleichungen höheren Grades, haben viele Lösungen – zugleich: die vielen Fragen mit nur *einer* Antwort. Was nicht ins Bild paßt, wird ausgesperrt. Die großen Vernachlässiger. Die Kurvenanpassung mit Korrekturgliedern. Das Denken mit unverrückbaren Ausgangspunkten, und von da an wird immer ein wenig geschwindelt. Die Naturverwüstung kommt in zweiter Linie, zuerst die Menschenverwüstung, Verkarstung des Bewußtseins.

Erfolg als Kriterium für Richtigkeit. Sehen Sie doch, was Wissenschaft geleistet hat. Immer mehr Bits pro Quadratmillimeter, immer mehr Kleenexverbrauch pro Kopf, immer weniger Atemluft pro Lunge, immer weniger Zukunft pro Kopf.

Franz war groß und blaß, mit einer dicken Hornbrille und dunkelbraunem Haar, das sich bei Erregung kräuselte. Grandma Lissy hatte viel Philosophie und Komik. An einem Abend stand neben meinem Teller auf dem Eßtisch eine umgedrehte Bierflasche auf einer Dollarnote. Die Aufgabe war, den Geldschein unter der Flasche herauszuziehen, ohne daß diese umfiel und auch nur berührt wurde. Ich hatte die Idee eines Handstreichs: Mit einem Ruck unter der Trägheit der Flasche; ich scheiterte kläglich; die Lösung war Rollen, wie einen Teppich, unter den Füßen eines Unbefugten. Betsy war das praktische American Girl, sie trug einen Overall; sie hatte eine große, jüdische Nase und sagte: Mich zu küssen ist nicht einfach. Mrs. Mendelsohn war eine schöne große Frau, deren Stimme einen wie ein warmer Mantel umgab. Papa Mendelsohn war klein, schwarz und fast wortlos.

Am Morgen nach unserer Ankunft erwachte ich unter dem Weihnachtsbaum. Das war nachdrücklich. Ich erwachte unter der Duftglocke, von einem Prikkeln auf meiner Haut; gut, daß ich die Lider nur vorsichtig hob, es lagen Nadeln darauf. Ein Blitzern durch die Äste, Lametta und Kugeln, die Bärte des Wachses. Nun verband sich das alles mit dem Geruch von frischem Kaffee, von Porridge und Ahornsirup und von europäischem Weihnachtsgebäck, und es verband sich mit einer noch ziellosen Liebe, die ich in mir hatte, von der ich nun gewiß war, daß sie auf ein Objekt stoßen würde. Mit Wissenschaft, mit Medizin hatte das alles nichts mehr zu tun, aber mit Heil. Die Welt der Kliniken, Krankenbetten, der Diagnosen, therapeutischen Maschinen – vorbei damit. Ich verstand ein wenig vom Umgang der Menschen mit Arzneien und biotechnischer Mechanik. Ich verstand nicht viel von den Selbstheilungskräften und dem Umgang mit mir selbst.

Ich dachte an das Emailschild ›Mauxion‹-Schokolade im Bahnhof von Ülzen, das mir so gefehlt hatte. Während der Fahrt hatte ich Esther davon erzählt, und sie war plötzlich sehr still geworden, hatte das Radio abgedreht und hatte mir mitgeteilt, daß sie diese Schilder kenne und wisse, was ich meinte. Backsteinbahnhof, Holzgitter, im Sommer mächtig sich durchdrängende Büsche und an Ketten hängende Blumenkästen unter der Bahnsteighalle. Esther wurde nachdenklich, aber sie zog keine Konsequenzen. Man muß besser leben, sagte ich. Ja, sagte sie. Man muß aufpassen, daß man sich nicht dem einfachen, dem einfach unwiderleglichen Mechanismus ausliefert. Alles spricht dafür, es ist rationell, es ist bequem, man ist alle Sorgen los, also: Rette sich, wer kann.

Eigentlich ein Selbstmordimpuls, der Drang nach der radikalen Lösung.

Vielleicht galt das sogar für Nixon, der noch ein letztes Mal so reagierte, der schlagartig, mitten an einem Dienstag, alle seine Streitkräfte auf der Welt alarmierte, nach dem vorbereiteten Plan, Alarmstufe I – was ging da in ihm vor –, ein Vernichtungsschlag als letzte Lösung, alles mit sich reißen.

Danach trat er ab. Er weinte beim Winken unter den Rotoren des Hubschraubers. Er soll Kissinger zum Niederknien gezwungen haben. Völlig fertig, der Mann. Sein riesengroßes, tränenüberströmtes Bösewichtgesicht war das letzte, was ich von Amerika sah.

Für die Rückkehr nach Europa hatte ich natürlich einen Flug gebucht. Schiffsplätze gab es nicht mehr. Ebenso wie es kaum mehr Eisenbahnen gab, bald schon keine Uhren mehr mit Zeigern – nur noch mit Digitalanzeige –, keine Rechenschieber mehr – nur noch Kleincomputer. Alles anders. Ich auch. Ich nahm Abschied von John Reiter, dem Mediziner.

Während unseres Fluges ging mitten über dem Atlantik rasend schnell die Sonne auf.

Walter E. Richartz im Diogenes Verlag

Meine vielversprechenden Aussichten
Erzählungen

Prüfungen eines braven Sohnes
Erzählung

Tod den Ärtzten
Roman. detebe 20795

Noface – Nimm was du brauchst
Roman. detebe 20796

Das Leben als Umweg
Erzählungen. detebe 20281

Büroroman
detebe 20574

Shakespeare's Geschichten
Sämtliche Stücke von William Shakespeare, nacherzählt von Walter E. Richartz und Urs Widmer
detebe 20791 + 20792

Der Aussteiger
Angestelltenprosa

Vorwärts ins Paradies
Aufsätze zu Literatur und Wissenschaft
detebe 20696

Reiters Westliche Wissenschaft
Roman. detebe 20959

Das Leben als Umweg
Gesammelte Erzählungen
detebe 21643

Außerdem Übersetzungen von Lewis Carroll, Raymond Chandler, Stephen Crane, F. Scott Fitzgerald, Dashiell Hammett, Patricia Highsmith, H. D. Thoreau u.v.a.

Amerikanische Literatur im Diogenes Verlag

● Woody Allen

Manhattan. Vollständiges Drehbuch mit 20 Szenenfotos. Deutsch von Hellmuth Karasek und Armgard Seegers. detebe 20821
Der Stadtneurotiker. Vollständiges Drehbuch mit 19 Szenenfotos. Deutsch von Eckhard Henscheid und Sieglinde Rahm
detebe 20822
Interiors. Vollständiges Drehbuch mit 16 Szenenfotos. Deutsch von Hellmuth Karasek und Armgard Seegers. detebe 20823
Stardust Memories. Vollständiges Drehbuch mit 32 Szenenfotos. Deutsch von Hellmuth Karasek und Armgard Seegers. detebe 20824
Zelig. Vollständiges Drehbuch mit 16 Szenenfotos. Deutsch von Armgard Seegers
detebe 21154
Was Sie schon immer über Sex wissen wollten, aber nie zu fragen wagten. Vollständiges Drehbuch mit 10 Szenenfotos. Deutsch von Walle Bengs. detebe 21346
Hannah und ihre Schwestern. Vollständiges Drehbuch mit 22 Fotos. Deutsch von Walle Bengs. detebe 21470
Weitere Werke in Vorbereitung

● Charlotte Armstrong

Schlafe, mein Kindchen. Roman. Deutsch von Nikolaus Stingl. detebe 21601

● Louis Armstrong

Mein Leben in New Orleans. Autobiographie. Deutsch von Hans Georg Brenner
detebe 20359

● John Bellairs

Das Haus, das tickte. Roman. Deutsch von Alexander Schmitz. Mit Zeichnungen von Edward Gorey. detebe 20368

● Ambrose Bierce

Die Spottdrossel. Erzählungen und Fabeln. Auswahl und Vorwort von Mary Hottinger. Deutsch von Joachim Uhlmann, Günter Eichel und Maria von Schweinitz. Zeichnungen von Tomi Ungerer. detebe 20234

● Robert Bloch

Nacht im Kopf. Roman. Deutsch von Monika Elwenspoek. detebe 21414

● Ray Bradbury

Der Tod ist ein einsames Geschäft. Roman
Deutsch von Jürgen Bauer. Leinen
Die Mars-Chroniken. Roman in Erzählungen. Deutsch von Thomas Schlück
detebe 20863
Der illustrierte Mann. Erzählungen. Deutsch von Peter Naujack. detebe 20365
Fahrenheit 451. Roman. Deutsch von Fritz Güttinger. detebe 20862
Die goldenen Äpfel der Sonne. Erzählungen. Deutsch von Margarete Bormann
detebe 20864
Medizin für Melancholie. Erzählungen
Deutsch von Margarete Bormann
detebe 20865
Das Böse kommt auf leisen Sohlen. Roman. Deutsch von Norbert Wölfl. detebe 20866
Löwenzahnwein. Roman. Deutsch von Alexander Schmitz. detebe 21045
Das Kind von morgen. Erzählungen. Deutsch von Hans-Joachim Hartstein. detebe 21205
Die Mechanismen der Freude. Erzählungen
Deutsch von Peter Naujack. detebe 21242
Familientreffen. Erzählungen. Deutsch von Jürgen Bauer. detebe 21415
Der Tod kommt schnell in Mexico. Erzählungen. Deutsch von Walle Bengs. detebe 21641

● Harold Brodkey

Erste Liebe und andere Sorgen. Erzählungen. Deutsch von Elizabeth Gilbert. detebe 20774

● Fredric Brown

Flitterwochen in der Hölle. Science-Fiction-Geschichten. Deutsch von B. A. Egger. Mit Illustrationen von Peter Neugebauer
detebe 20600

● W. R. Burnett

Little Caesar. Roman. Deutsch von Georg Kahn-Ackermann. detebe 21061
High Sierra. Roman. Deutsch von Armgard Seegers und Hellmuth Karasek. detebe 21208
Asphalt-Dschungel. Roman. Deutsch von Walle Bengs. detebe 21417

● Erskine Caldwell

Wo die Mädchen anders waren. Ausgewählte Geschichten. Deutsch von Inge M. Artl, Elisabeth Schnack und Joachim Marten
detebe 21186

● Truman Capote

»Ich bin schwul. Ich bin süchtig. Ich bin ein Genie.« Ein intimes Gespräch mit Lawrence Grobel. Deutsch von Thomas Lindquist. Mit einem Vorwort von James A. Michener. Mit 15 Fotos. detebe 21606

● David Carkeet

Minus mal Minus. Roman. Deutsch von Dorothee Asendorf. detebe 21478

● Raymond Chandler

Der große Schlaf. Roman. Deutsch von Gunar Ortlepp. detebe 20132
Die kleine Schwester. Roman. Deutsch von Walter E. Richartz. detebe 20206
Das hohe Fenster. Roman. Deutsch von Urs Widmer. detebe 20208
Der lange Abschied. Roman. Deutsch von Hans Wollschläger. detebe 20207
Die simple Kunst des Mordes. Essays, Briefe, eine Geschichte und ein Romanfragment. Herausgegeben von Dorothy Gardiner und Kathrine Sorley Walker. Deutsch von Hans Wollschläger. detebe 20209
Die Tote im See. Roman. Deutsch von Hellmuth Karasek. detebe 20311
Lebwohl, mein Liebling. Roman. Deutsch von Wulf Teichmann. detebe 20312
Playback. Roman. Deutsch von Wulf Teichmann. detebe 20313
Mord im Regen. Frühe Stories. Vorwort von Prof. Philip Durham. Deutsch von Hans Wollschläger. detebe 20314
Erpresser schießen nicht. Gesammelte Detektivstories I. Mit einem Vorwort des Autors. Deutsch von Hans Wollschläger detebe 20751
Der König in Gelb. Gesammelte Detektivstories II. Deutsch von Hans Wollschläger detebe 20752
Gefahr ist mein Geschäft. Gesammelte Detektivstories III. Deutsch von Hans Wollschläger. detebe 20753
Englischer Sommer. Geschichten, Parodien, Essays. Mit einem Vorwort von Patricia Highsmith, Zeichnungen von Edward Gorey und einer Erinnerung an den Drehbuchautor Chandler von John Houseman. Deutsch von Wulf Teichmann, Hans Wollschläger u.a. Mit einer kompletten Chandler-Bibliographie und -Filmographie. detebe 20754
Meistererzählungen. Deutsch von Hans Wollschläger. detebe 21619

Als Ergänzungsband liegt vor:
Frank MacShane
Raymond Chandler. Eine Biographie Deutsch von Christa Hotz, Alfred Probst und Wulf Teichmann. detebe 20960

● Stephen Crane

Das blaue Hotel. Erzählungen. Herausgegeben, übersetzt und mit einem Nachwort von Walter E. Richartz. detebe 20789
Die rote Tapferkeitsmedaille. Roman Deutsch von Eduard Klein und Klaus Marschke. Mit einem Nachwort von Stanley J. Kunitz und Howard Haycraft detebe 21299

● Henry F. Ellenberger

Die Entdeckung des Unbewußten. Geschichte und Entwicklung der dynamischen Psychiatrie von den Anfängen bis zu Janet, Freud, Adler und Jung. Mit 45 Abbildungen. Deutsch von Gudrun Theuser-Stampa detebe 21343

● Ralph Waldo Emerson

Essays. Herausgegeben und übersetzt von Harald Kiczka. Mit zahlreichen Anmerkungen und einem ausführlichen Index detebe 21071
Natur. Deutsch von Harald Kiczka. Mit einem Nachruf auf Emerson von Herman Grimm. detebe 21657

● William Faulkner

Brandstifter. Gesammelte Erzählungen I Deutsch von Elisabeth Schnack detebe 20040
Eine Rose für Emily. Gesammelte Erzählungen II. Deutsch von Elisabeth Schnack detebe 20041
Rotes Laub. Gesammelte Erzählungen III. Deutsch von Elisabeth Schnack detebe 20042
Sieg im Gebirge. Gesammelte Erzählungen IV. Deutsch von Elisabeth Schnack detebe 20043
Schwarze Musik. Gesammelte Erzählungen V. Deutsch von Elisabeth Schnack detebe 20044
Die Unbesiegten. Roman. Deutsch von Erich Franzen. detebe 20075
Sartoris. Roman. Deutsch von Hermann Stresau. detebe 20076
Als ich im Sterben lag. Roman. Deutsch von Albert Hess und Peter Schünemann detebe 20077

Schall und Wahn. Roman. Revidierte Übersetzung von Elisabeth Kaiser und Helmut M. Braem. detebe 20096
Absalom, Absalom! Roman. Deutsch von Hermann Stresau. detebe 20148
Go down, Moses. Chronik einer Familie. Roman. Deutsch von Hermann Stresau und Elisabeth Schnack. detebe 20149
Der große Wald. Vier Jagdgeschichten Deutsch von Elisabeth Schnack detebe 20150
Griff in den Staub. Roman. Deutsch von Harry Kahn. detebe 20151
Der Springer greift an. Kriminalgeschichten. Deutsch von Elisabeth Schnack detebe 20152
Soldatenlohn. Roman. Revidierte Übersetzung von Susanna Rademacher. detebe 20511
Moskitos. Roman. Revidierte Übersetzung von Richard K. Flesch. detebe 20512
Wendemarke. Roman. Revidierte Übersetzung von Georg Goyert. detebe 20513
Die Freistatt. Roman. Deutsch von Hans Wollschläger. Vorwort von André Malraux detebe 20802
Licht im August. Roman. Deutsch von Franz Fein. detebe 20803
Wilde Palmen und Der Strom. Doppelroman. Deutsch von Helmut M. Braem und Elisabeth Kaiser. detebe 20988
Die Spitzbuben. Roman. Deutsch von Elisabeth Schnack. detebe 20989
Eine Legende. Roman. Deutsch von Kurt Heinrich Hansen. detebe 20990
Requiem für eine Nonne. Roman in Szenen. Deutsch von Robert Schnorr. detebe 20991
Das Dorf. Roman. Erster Teil der *Snopes-Trilogie.* Deutsch von Helmut M. Braem und Elisabeth Kaiser. detebe 20992
Die Stadt. Roman. Zweiter Teil der *Snopes-Trilogie.* Deutsch von Elisabeth Schnack detebe 20993
Das Haus. Roman. Dritter Teil der *Snopes-Trilogie.* Deutsch von Elisabeth Schnack detebe 20994
New Orleans. Skizzen und Erzählungen. Deutsch von Arno Schmidt. detebe 20995
Briefe. Nach der von Joseph Blotner edierten amerikanischen Erstausgabe von 1977, herausgegeben und übersetzt von Elisabeth Schnack und Fritz Senn. detebe 20958

Als Ergänzungsband liegt vor:
Über William Faulkner. Essays, Rezensionen, ein Interview, Zeichnungen, Chronik und Bibliographie. Herausgegeben von Gerd Haffmans. detebe 20098

● F. Scott Fitzgerald

Der große Gatsby. Roman. Revidierte Übersetzung von Walter Schürenberg detebe 20183
Der letzte Taikun. Roman. Deutsch von Walter Schürenberg. detebe 20395
Pat Hobby's Hollywood-Stories. Übersetzt und mit Anmerkungen versehen von Harry Rowohlt. detebe 20510
Der Rest von Glück. Erzählungen 1920 detebe 20744
Ein Diamant – so groß wie das Ritz. Erzählungen 1922 – 1926. detebe 20745
Der gefangene Schatten. Erzählungen 1926 bis 1928. detebe 20746
Die letzte Schöne des Südens. Erzählungen 1928–1930. detebe 20747
Wiedersehen mit Babylon. Erzählungen 1930 bis 1940. detebe 20748
Alle Erzählungen in der Übersetzung von Walter Schürenberg, Walter E. Richartz u.a.
Zärtlich ist die Nacht. Roman. Neu übersetzt von Walter E. Richartz und Hanna Neves. Vorwort von Malcolm Cowley. detebe 21119
Das Liebesschiff. Erzählungen. Deutsch von Alexander Schmitz. detebe 21187
Der ungedeckte Scheck. Erzählungen Deutsch von Alexander Schmitz detebe 21305
Meistererzählungen. Ausgewählt und mit einem Nachwort von Elisabeth Schnack. Deutsch von Walter Schürenberg, Anna von Cramer-Klett, Elga Abramowitz und Walter E. Richartz. detebe 21583

● Dashiell Hammett

Der Malteser Falke. Roman. Deutsch von Peter Naujack. detebe 20131
Rote Ernte. Roman. Deutsch von Gunar Ortlepp. detebe 20292
Der Fluch des Hauses Dain. Roman. Deutsch von Wulf Teichmann. detebe 20293
Der gläserne Schlüssel. Roman. Deutsch von Hans Wollschläger. detebe 20294
Der dünne Mann. Roman. Deutsch von Tom Knoth. detebe 20295
Fliegenpapier. Detektivstories I. Deutsch von Harry Rowohlt, Helmut Kossodo, Helmut Degner, Peter Naujack und Elizabeth Gilbert. Vorwort von Lillian Hellman detebe 20911
Fracht für China. Detektivstories II. Deutsch von Elizabeth Gilbert, Antje Friedrichs und Walter E. Richartz. detebe 20912
Das große Umlegen. Detektivstories III. Deutsch von Walter E. Richartz, Hellmuth Karasek und Wulf Teichmann. detebe 20913

Das Haus in der Turk Street. Detektivstories IV. Deutsch von Wulf Teichmann detebe 20914
Das Dingsbums Küken. Detektivstories V. Deutsch von Wulf Teichmann. Nachwort von Steven Marcus. detebe 20915

Als Ergänzungsband liegt vor:

Diane Johnson
Dashiell Hammett. Eine Biographie. Aus dem Amerikanischen von Nikolaus Stingl. Mit zahlreichen Abbildungen. detebe 21618

● O. Henry

Die klügere Jungfrau. Erzählungen. Mit einem Essay von Cesare Pavese. detebe 20871
Das Herz des Westens. Erzählungen detebe 20872
Der edle Gauner. Erzählungen detebe 20873
Wege des Schicksals. Erzählungen detebe 20874
Streng geschäftlich. Erzählungen detebe 20875
Rollende Steine. Erzählungen. detebe 20876
Alle Erzählungen deutsch von Annemarie und Heinrich Böll, Hans Wollschläger u.a.

● Patricia Highsmith

Suspense oder Wie man einen Thriller schreibt Deutsch von Anne Uhde. Broschur
Elsie's Lebenslust. Roman. Deutsch von Otto Bayer. Leinen
Geschichten von natürlichen und unnatürlichen Katastrophen. Deutsch von Otto Bayer Leinen
Der Stümper. Roman. Deutsch von Barbara Bortfeldt. detebe 20136
Zwei Fremde im Zug. Roman. Deutsch von Anne Uhde. detebe 20173
Der Geschichtenerzähler. Roman. Deutsch von Anne Uhde. detebe 20174
Der süße Wahn. Roman. Deutsch von Christian Spiel. detebe 20175
Die zwei Gesichter des Januars. Roman. Deutsch von Anne Uhde. detebe 20176
Der Schrei der Eule. Roman. Deutsch von Gisela Stege. detebe 20341
Tiefe Wasser. Roman. Deutsch von Eva Gärtner und Anne Uhde. detebe 20342
Die gläserne Zelle. Roman. Deutsch von Gisela Stege und Anne Uhde. detebe 20343
Das Zittern des Fälschers. Roman. Deutsch von Anne Uhde. detebe 20344
Lösegeld für einen Hund. Roman. Deutsch von Anne Uhde. detebe 20345
Der talentierte Mr. Ripley. Deutsch von Barbara Bortfeldt. detebe 20481
Ripley Under Ground. Deutsch von Anne Uhde. detebe 20482
Ripley's Game. Roman. Deutsch von Anne Uhde. detebe 20346
Der Schneckenforscher. Gesammelte Geschichten. Vorwort von Graham Greene. Deutsch von Anne Uhde. detebe 20347
Ein Spiel für die Lebenden. Deutsch von Anne Uhde. detebe 20348
Kleine Geschichten für Weiberfeinde Deutsch von Walter E. Richartz. Zeichnungen von Roland Topor. detebe 20349
Kleine Mordgeschichten für Tierfreunde Deutsch von Anne Uhde. detebe 20483
Venedig kann sehr kalt sein. Roman. Deutsch von Anne Uhde. detebe 20484
Ediths Tagebuch. Roman. Deutsch von Anne Uhde. detebe 20485
Der Junge, der Ripley folgte. Roman Deutsch von Anne Uhde. detebe 20649
Leise, leise im Wind. Zwölf Geschichten. Deutsch von Anne Uhde. detebe 21012
Keiner von uns. Erzählungen. Deutsch von Anne Uhde. detebe 21179
Leute, die an die Tür klopfen. Roman Deutsch von Anne Uhde. detebe 21349
Nixen auf dem Golfplatz. Erzählungen Deutsch von Anne Uhde. detebe 21517

Als Ergänzungsband liegt vor:
Über Patricia Highsmith. Essays und Zeugnisse von Graham Greene bis Peter Handke. Mit Bibliographie, Filmographie und zahlreichen Fotos. Herausgegeben von Fritz Senn und Franz Cavigelli. detebe 20818

● Carol Hill

Amanda. The Eleven Million Mile High Dancer. Roman. Deutsch von Manfred Ohl und Hans Sartorius. Leinen

● Edward D. Hoch

Frankensteins Fabrik. Roman. Deutsch von Monika Elwenspoek. detebe 21561

● John Irving

Gottes Werk und Teufels Beitrag. Roman Deutsch von Thomas Lindquist. Leinen
Das Hotel New Hampshire. Roman. Deutsch von Hans Hermann. detebe 21194
Laßt die Bären los! Roman. Deutsch von Michael Walter. detebe 21323
Eine Mittelgewichts-Ehe. Roman. Deutsch von Nikolaus Stingl. detebe 21605

● Ring Lardner

Geschichten aus dem Jazz-Zeitalter. Auswahl, Nachwort und Übersetzung von Fritz Güttinger. detebe 20153

● Jonathan Latimer

Leiche auf Abwegen. Roman. Deutsch von Ulrike Wasel und Klaus Timmermann detebe 21592

● Jack London

Südsee-Abenteuer. Erzählungen. Deutsch von Christine Hoeppener. detebe 21508
Der Seewolf. Roman. Deutsch von Christine Hoeppener. detebe 21509
John Barleycorn oder Der Alkohol. Deutsch von Günter Löffler. detebe 21510
Der Ruf der Wildnis. Deutsch von Günter Löffler. detebe 21511
Weißzahn, der Wolfshund. Deutsch von Günter Löffler. detebe 21512

● Anita Loos

Blondinen bevorzugt. Das lehrreiche Tagebuch einer Dame von Beruf. Roman. Deutsch von Lisette Mullère. detebe 21471
Gentlemen heiraten Brünette. Das lehrreiche Tagebuch einer Dame von Beruf. Deutsch von Marie-Therese Morel. Mit einem Nachwort von Ursula von Kardorff. detebe 21472

● Alison Lurie

Liebe und Freundschaft. Roman. Deutsch von Otto Bayer. Leinen
Affären. Eine transatlantische Liebesgeschichte. Deutsch von Otto Bayer detebe 21600
Ein ganz privater kleiner Krieg. Roman Deutsch von Hermann Stiehl. detebe 21614

● Carson McCullers

Wunderkind. Erzählungen I. Deutsch von Elisabeth Schnack. detebe 20140
Madame Zilensky und der König von Finnland. Erzählungen II. Deutsch von Elisabeth Schnack. detebe 20141
Die Ballade vom traurigen Café. Novelle. Deutsch von Elisabeth Schnack. Diogenes Evergreens. Auch als detebe 20142
Das Herz ist ein einsamer Jäger. Roman. Deutsch von Susanna Rademacher detebe 20143
Spiegelbild im goldnen Auge. Roman. Deutsch von Richard Moering. detebe 20144
Frankie. Roman. Deutsch von Richard Moering. detebe 20145
Uhr ohne Zeiger. Roman. Deutsch von Elisabeth Schnack. detebe 20146

Als Ergänzungsband liegt vor:
Über Carson McCullers. Essays von und über Carson McCullers; Chronik und Bibliographie. Deutsch von Elisabeth Schnack und Elizabeth Gilbert. Herausgegeben von Gerd Haffmans. detebe 20147

● Ross Macdonald

Dornröschen war ein schönes Kind. Roman. Deutsch von Wulf Teichmann. detebe 20227
Unter Wasser stirbt man nicht. Roman Deutsch von Hubert Deymann detebe 20322
Ein Grinsen aus Elfenbein. Roman. Deutsch von Charlotte Hamberger. detebe 20323
Die Küste der Barbaren. Roman. Deutsch von Marianne Lipcowitz. detebe 20324
Der Fall Galton. Roman. Deutsch von Egon Lothar Wensk. detebe 20325
Gänsehaut. Roman. Deutsch von Gretel Friedmann. detebe 20326
Der blaue Hammer. Roman. Deutsch von Peter Naujack. detebe 20541
Durchgebrannt. Roman. Deutsch von Helmut Degner. detebe 20868
Geld kostet zuviel. Roman. Deutsch von Günter Eichel. detebe 20869
Die Kehrseite des Dollars. Roman. Deutsch von Günter Eichel. detebe 20877
Der Untergrundmann. Roman. Deutsch von Hubert Deymann. detebe 20878
Der Drahtzieher. Sämtliche Detektivstories um Lew Archer I. Mit einem Vorwort des Autors. Deutsch von Hubert Deymann und Peter Naujack. detebe 21018
Einer lügt immer. Sämtliche Detektivstories um Lew Archer II. Deutsch von Hubert Deymann und Peter Naujack. detebe 21019
Sanftes Unheil. Roman. detebe 21178
Blue City. Roman. Deutsch von Christina Sieg-Welti und Christa Hotz. detebe 21317
Der Mörder im Spiegel. Roman. Deutsch von Dietlind Bindheim. detebe 21303

● Herman Melville

Moby-Dick. Roman. Deutsch von Thesi Mutzenbecher und Ernst Schnabel detebe 20835
Billy Budd. Erzählung. Deutsch von Richard Moering. detebe 20787

● Margaret Millar

Banshee, die Todesfee. Roman. Deutsch von Renate Orth-Guttmann. Leinen
Liebe Mutter, es geht mir gut... Roman Deutsch von Elizabeth Gilbert detebe 20226
Die Feindin. Roman. Deutsch von Elizabeth Gilbert. detebe 20276
Fragt morgen nach mir. Roman. Deutsch von Anne Uhde. detebe 20542
Ein Fremder liegt in meinem Grab. Roman. Deutsch von Elizabeth Gilbert. detebe 20646

Die Süßholzraspler. Roman. Deutsch von Georg Kahn-Ackermann und Susanne Feigl detebe 20926
Von hier an wird's gefährlich. Roman Deutsch von Fritz Güttinger. detebe 20927
Der Mord von Miranda. Roman. Deutsch von Hans Hermann. detebe 21028
Das eiserne Tor. Roman. Deutsch von Karin Reese und Michel Bodmer. detebe 21063
Fast wie ein Engel. Roman. Deutsch von Luise Däbritz. detebe 21190
Die lauschenden Wände. Roman. Deutsch von Karin Polz. detebe 21421
Nymphen gehören ins Meer! Roman Deutsch von Otto Bayer. detebe 21516

● Flannery O'Connor

Die Lahmen werden die Ersten sein. Erzählungen. Deutsch von Rolf und Hedda Soellner detebe 21331
Ein guter Mensch ist schwer zu finden. Erzählungen. Deutsch von Elisabeth Schnack und Cornelia Walter. detebe 21332
Die Gewalt tun. Roman. Deutsch von Cornelia Walter. detebe 21562

● Alfred Ollivant

Old Bob. Der graue Hund von Kenmuir. Ein Roman von Menschen und Hunden. Deutsch von Curt Thesing. detebe 21468

● Edgar Allan Poe

Die schwarze Katze und andere Verbrechergeschichten. detebe 21183
Die Maske des roten Todes und andere phantastische Fahrten. detebe 21184
Der Teufel im Glockenstuhl und andere Scherz- und Spottgeschichten. detebe 21185
Der Untergang des Hauses Usher und andere Geschichten von Schönheit, Liebe und Wiederkunft. detebe 21184
Alle vier Bände herausgegeben von Theodor Etzel. Deutsch von Gisela Etzel, Wolf Durian u.a.
Die denkwürdigen Erlebnisse des Arthur Gordon Pym. Roman. Deutsch von Gisela Etzel. Mit einem Nachwort von Jörg Drews detebe 21267

● Patrick Quentin

Bächleins Rauschen tönt so bang ... Geschichten. Deutsch von Günter Eichel detebe 20195
Familienschande. Roman. Deutsch von Helmut Degner. detebe 20917

● Jack Ritchie

Der Mitternachtswürger. Geschichten Deutsch von Alfred Probst. detebe 21293
Für alle ungezogenen Leute. Detektiv-Geschichten. Deutsch von Dorothee Asendorf detebe 21384
Gedächtnis ade. Kriminalgeschichten Deutsch von Elfriede Riegler und Dorothee Asendorf. detebe 21565

● Henry Slesar

Das graue distinguierte Leichentuch. Roman. Deutsch von Paul Baudisch und Thomas Bodmer. detebe 20139
Vorhang auf, wir spielen Mord! Roman. Deutsch von Thomas Schlück detebe 20216
Erlesene Verbrechen und makellose Morde. Geschichten. Deutsch von Günter Eichel und Peter Naujack. Vorwort von Alfred Hitchcock. Zeichnungen von Tomi Ungerer detebe 20225
Ein Bündel Geschichten für lüsterne Leser. Deutsch von Günter Eichel. Einleitung von Alfred Hitchcock. Zeichnungen von Tomi Ungerer. detebe 20275
Hinter der Tür. Roman. Deutsch von Thomas Schlück. detebe 20540
Aktion Löwenbrücke. Roman. Deutsch von Günter Eichel. detebe 20656
Ruby Martinson. Geschichten vom größten erfolglosen Verbrecher der Welt. Deutsch von Helmut Degner. detebe 20657
Schlimme Geschichten für schlaue Leser Deutsch von Thomas Schlück. detebe 21036
Coole Geschichten für clevere Leser. Deutsch von Thomas Schlück. detebe 21046
Fiese Geschichten für fixe Leser. Deutsch von Thomas Schlück. detebe 21125
Böse Geschichten für brave Leser. Deutsch von Christa Hotz und Thomas Schlück detebe 21248
Die siebte Maske. Roman. Deutsch von Gerhard und Alexandra Baumrucker. detebe 21518
Frisch gewagt ist halb gemordet. Geschichten. Deutsch von Barbara und Jobst-Christian Rojahn. detebe 21577
Das Morden ist des Mörders Lust. Sechzehn Kriminalgeschichten. Deutsch von Barbara Rojahn-Deyk und Jobst-Christian Rojahn detebe 21602
Meistererzählungen. Deutsch von Thomas Schlück. detebe 21621

● Elinor Goulding Smith

Die perfekte Hausfrau. Deutsch von Elisabeth Schnack. Mit Zeichnungen von Loriot. detebe 21082

● Henry David Thoreau

Walden oder Leben in den Wäldern. Deutsch von Emma Emmerich und Tatjana Fischer. Mit Anmerkungen, Chronik und Register und mit einem Vorwort von W. E. Richartz detebe 20019

Über die Pflicht zum Ungehorsam gegen den Staat und andere Essays. Auswahl, Übersetzung und Nachwort von W.E. Richartz detebe 20063

● Mark Twain

Gesammelte Werke in 5 Bänden. Herausgegeben, mit Anmerkungen und einem Nachwort von Klaus-Jürgen Popp. detebe 21338

Tom Sawyers Abenteuer. Roman. Deutsch von Lore Krüger. Mit einem Nachwort von Jack D. Zipes. detebe 21369

Huckleberry Finns Abenteuer. Roman Deutsch von Lore Krüger. Mit einem Essay von T.S. Eliot. detebe 21370

Kannibalismus auf der Eisenbahn und andere Erzählungen. Deutsch von Günther Klotz detebe 21488

Der gestohlene weiße Elefant und andere Erzählungen. Deutsch von Günther Klotz detebe 21489

Die Eine-Million-Pfund-Note und andere Erzählungen. Deutsch von Ana Maria Brock und Otto Wilck. detebe 21490

Der Prinz und der Bettelknabe. Eine Erzählung für junge Menschen jeden Alters. Herausgegeben und mit Anmerkungen von Klaus-Jürgen Popp. Deutsch von Lore Krüger. detebe 21507

● Lewis Wallace

Ben Hur. Eine Erzählung aus der Zeit Christi Deutsch und mit einem Nachwort von Hugo Reichenbach. detebe 21291

● Nathanael West

Schreiben Sie Miss Lonelyhearts. Roman. Mit einer Einführung von Alan Ross. Deutsch von Fritz Güttinger. detebe 20058

Tag der Heuschrecke. Ein Hollywood-Roman. Deutsch von Fritz Güttinger detebe 20059

Eine glatte Million oder Die Demontage des Mister Lemuel Pitkin. Roman. Übersetzung, Anmerkung und Nachwort von Dieter E. Zimmer. detebe 20249

● Walt Whitman

Grashalme. Nachdichtung von Hans Reisiger. Mit einem Essay von Gustav Landauer detebe 21351

● Cornell Woolrich

Der schwarze Vorhang. Roman. Deutsch von Signe Rüttgers. detebe 21625

Der schwarze Engel. Roman. Deutsch von Harald Beck und Claus Melchior detebe 21626

Der schwarze Pfad. Roman. Deutsch von Daisy Remus. detebe 21627

● Das Diogenes Lesebuch amerikanischer Erzähler

Geschichten von Washington Irving bis Harold Brodkey. Mit einleitenden Essays von Edgar A. Poe und Ring Lardner, Zeittafel, bio-bibliographischen Notizen und Literaturhinweisen. Herausgegeben von Gerd Haffmans. detebe 20271